Xiron Poetry Club

伊沙诗集·卷二

鸽子

伊沙 著

浙江文艺出版社
Zhejiang Literature & Art Publishing House

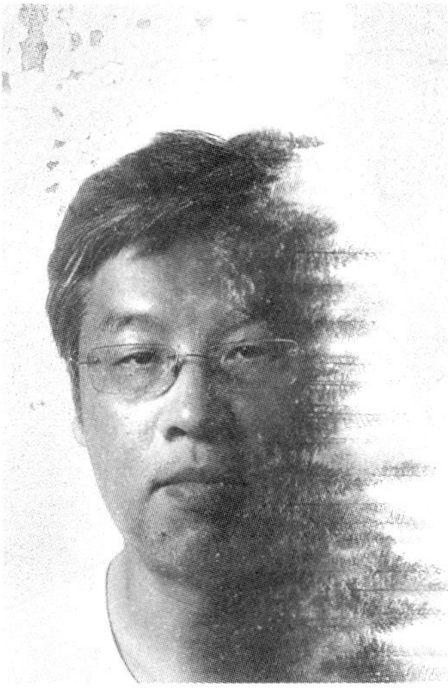

自序

去年误入微信中学同学圈，唯一正能量的收获是将我第一首诗的写作时间提前了四年，一位女同学晒出了我初中一年级十三岁时写的一首诗——没错，是我写的，再幼稚也是我写的！但是，提得再前，也只是加长了我的“习作期”时间。如此说来，我诗歌的“习作期”应该是1979年至1987年（竟然长达九年）。我以为，将“习作期”的“习作”拿给读者，对于一个成熟的诗人来说是极不道德的。所以，在此皇皇五卷本《伊沙诗集》中，你们将不会读到任何一首我在这个时期的“习作”，这九年只对我个人的成长有意义。

正如你们在我公开的文字中多次看到的那样，我将1988年以后称作我的“创作期”，这部五卷本《伊沙诗集》收录的便是我自1988年至2016年总共二十九年间创作的将近六千首长短诗作，短诗以诗选的面貌呈现，长诗尽可能地呈现。在过去的一个月里，我经历了一次繁浩、严苛、痛苦的海选，苦不堪言，终于编成这五卷自觉可以示人、可以交付时间的《伊沙诗集》。考虑到无限制超长诗《梦》既无法完整呈现，又不适宜做成一部精选本，便只好忍痛割爱了。

因此，我可以说，这五卷《伊沙诗集》加上已出和待出的三卷《梦》，便等于五十岁以前的伊沙诗歌。

在过去的一个月里，我一方面在苦选，一方面在疯写（创造了诗歌生涯里月写一百一十二首的最高纪录），心中充满了奢侈感与幸福感！充满了万千感慨与深深感恩！在上个世纪末，在我三十三岁那一年，得到过一次出版三卷本《伊沙作品集》（诗卷、散文随笔卷、中短篇小说卷各一卷）的良机；在新诗百年，在我五十岁这一年，又得到了出版五卷本《伊沙诗集》的良机，我怎能说我“命运多舛”？我怎能说我“文运不佳”？我又怎能说我“诗途多艰”？我再这么说的话是不是就太过矫情、太过浮浅了？

“你的命中总有意外！”——多年以前说这话的人正是这五卷本《伊沙诗集》的策划者与出版人沈浩波，由他创办的磨铁图书简直成了新世纪以来我最稳定的出版基地：我的长篇小说几乎全都由它出版，我编、我译的诗集也多在磨铁出版。这一次终于轮到我的诗了，一出就出五卷本！

众所周知，沈浩波是我一生的师弟、朋友、兄弟、战友、同道、知音，是中国当代最懂现代诗的少数几人之一，他不仅仅是卓越的诗人，并且是中国当代文化史上一位举足轻重的人物，在此小序中我只想说一句话：有浩波同行，我纵与千万人为敌，有何惧哉！得磨铁器重，这世界弃我如履，能奈我何！

每一次带有总结性质的编选，对于写作者自身来说都是一次洗礼与升华，何况是将自己半生心血与智慧精华全都抛出去的这一次，我此时此刻的感喟是：纵然这皇皇五卷中所呈现的作品不乏名作、佳作、力作，纵然这些诗作曾对近三十年的中国当代诗潮起到过推波助澜的作用，现在它们将褪去一切光环回到文本自身经受读者又一次的检验！

感谢多年以来不离不弃的亲爱的读者，尽管我深知在这世界上人口最多的国度里，你们只是一小撮儿！只是沧海一粟！但粟不是水分子！

我想告诉你们，即将把此五卷《伊沙诗集》交出去的感觉很怪很酷，是一种赤条条的感觉！五十岁将至，知天命之年需要的大概就是一次赤条条无牵挂的再出发！在这条绝不回头的诗途……

_伊沙_2016.04.05_于西安潇潇雨中

目录

地球的额际

一堆胖女人笨拙而性感的舞蹈
一个孩子在祈祷　这里是环礁岛
而在千年岛　一只船载着火把
正驶离岸　在土著们的咒骂声中
一个黑人吹响了千年海螺
在巴勒尼群岛的海滩
天空中有阴云密布　景色苍茫
一只海鸟在飞
第一缕曙光照耀着基里巴斯
但阳光没有　被云层阻隔
新千年的第一缕阳光西移
照在新西兰查塔姆群岛的
奥喀罗湾　一个白发老头
领着孩子　高声赞颂
毛利人正用欲飞之姿
装扮成鸟
呼唤太阳升起
而太阳正在升起

新千年太阳的初吻

轻落在地球的额际

2000

血液净化中心

一座单独的小楼
像一张嘴的形状

我知道命在这里
是可以用钱买到的

我的母亲拒绝了
这项交易

作为尿毒症患者
她拒绝透析

拒绝自己的血
在此得到净化

她的信念
朴素而又简单

她说早晚都是一死
她不希望在她死后

父亲变成一个
一贫如洗的穷老头

而我身为儿子的痛苦在于
就算我拼命挣钱

也喂不饱这张
能吐出命来的嘴

2000

生活者

我现在终于拥有了
我过去想要的生活
朋友从不贪多
情人可有可无
敌人遍布天下

2000

鸽子

在我平视的远景里
一只白色的鸽子
穿过冲天大火
继续在飞
飞成一只黑鸟
也许只是它的影子
它的灵魂
在飞　也许灰烬
也会保持鸽子的形状
依旧高飞

2000

原则

我身上携带着精神、信仰、灵魂
思想、欲望、怪癖、邪念、狐臭

它们寄生于我身体的家
我必须平等对待我的每一位客人

2000

下午的主场

起初是窃窃私语
出自俗人过敏的发现

一个妓女
坐在球迷中间

当我掌握如上的事实
表现出大喜过望的样子

以为自己找到了诗
这十分可耻

一个妓女
为什么不能坐在球迷中间

这是她客居的城市
也是她工作的城市

这是她自得其乐的主场
也是她心驰神往的主队

一个妓女
坐在球迷中间

什么都不意味
什么都不等于

那不过是一个女球迷
坐在一群男球迷之间

单纯的视觉印象是
一朵鲜花插在一堆牛粪上

2000

1993 年 8 月 16 日

父亲将我赶出家门的那天
我的诗在《诗刊》上发表了
我是在骑车途经小寨邮局的
报刊亭时偶然发现了这一奇迹
他们在事前并没有通知我
我不是第一次在《诗刊》发诗
但这是比较难发的两首
一首是《饿死诗人》
一首是《梅花：一首失败的抒情诗》
后来我坐在外语学院后门外
一家简陋的面馆里
手捧当期《诗刊》
有一种登堂入室的感觉
有一种忽然在衙门里
觅到一份差事的感觉
有一种将自己豢养的两条恶犬
放到一群绵羊中去的感觉
我知道这哥俩儿
将战功赫赫地归来

我手里的蒜已剥好

我要的面已上来

狼吞虎咽

被赶出家门算得了什么

等这碗面一下肚

老子就出名了

2000

共谋

他向我乞讨
是看我身旁
站着一位
靓丽的女士

我对他施舍
是我身旁那位
靓丽的女士
正看着我

2000

在比瞬间长久的时间中

驱车在高速公路上前行
沿途是田野、村庄
城镇和厂房
突然出现一座
尖顶的教堂时
你叫了起来
然后沉默
同车的人
没有一个相信你
这会儿进入的是
一片肃穆
而那肃穆带来的
是你需要静静
享受的快乐
快乐
在比瞬间
长久的时间中

2000

祖母的存在

听母亲讲
我是祖母最宠爱的人
我不记得了
什么都不记得了
只是看母亲
爱她孙子的样子
我相信
世界上也曾有过
一个这么爱我的人
一种特殊的老女人的爱
祖母的存在
对我来说
只是母亲对某事有着
某种不祥的预感时
她就把我
拉到祖母像前
让我对祖母说话
我便应付差事地
扯起难听的公鸭嗓子

大声说：奶奶

保佑全家平安

每回都很灵验

母亲总结说：奶奶

总是很听你的话

总是在天上

保佑我们全家

2000

美术馆中盗画贼

“真正的艺术
就是要激怒中产阶级”

这是一位盗画贼说的
说完他就拔出枪来

向他认为不好的画开枪
留下他认为好的几张

然后命令观众们站成一排
把身上的钱和首饰都交出来

“真正的艺术
就是要激怒中产阶级”

他又说了一遍
像是在对他们讲演

然后便裹了钱裹了画

在警铃声中逃之夭夭了

2000

灵山岛

有座灵山
在岛中间
上下是海天一色的蓝
太多的蓝
我们站在山顶
然后环岛而行
用句俗话说
那叫步入仙境
那时少年轻狂的我
满嘴的学生腔
我对你说：如果
我设想的人生
最终失败了
我就上这儿来
度过余生
你笑了
什么也没说
唉！那年夏天
二十二岁的我

无法设想
十年后的我
已做了十年的失败者
安心地做
也没想过去哪儿
也是在十年后的这一年
他已做出决定
做一个彻头彻尾的失败者
关于那次旅行
关于美丽的灵山岛
他现在回想起来
只是有些遗憾
为什么不做爱呢
在仙境里
和你做
更多的爱

2000

风景

郊外
一节废弃的火车车头
停在那里
好像正喘着粗气
高速运行的样子

2000

对生活的爱需要被唤醒

那是旧历新年的前夕
在超市里
我用推车推着儿子
和采买的各种物品
向前进
儿子嚼着巧克力
快要睡着了
躺在车里
跟个小佛爷似的
所有人都笑眯眯地
朝他看
有那么一个老者
干脆不走了
蹲在推车前看他
然后问我
“买一个儿子
要多少钱？”
他的语气
他的神情

在一瞬间
将春节的气氛
带给了我
我在这一刻决定
要好好过一个年

2001

黑白胶片的下午

鲍勃·迪伦出现在
电影金球奖的颁奖典礼上

就是这么一件事
构成了我在这个下午的诗

所有的废话都不用说了
他是在哪儿出现也并不重要

关键是在这个黑白胶片的下午
我见到了一个彩色的鲍勃·迪伦

2001

大时代的风景

紧紧裤带
朝手心吐口唾沫
沿着童年的一棵老树
一直往上爬

枝繁叶茂
树干硕大
金属片闪亮
因为有阳光
那是一个高音喇叭
挂在秘密鸟巢的边缘

那一次
你见证了时代的腋窝
时代的肺
你想看到更好玩的
风景若干
比如三楼的某户人家

破鞋高悬

还得等到下一次

2001

妈咪爱

写一首关于母亲的史诗
像我的大师艾伦 · 金斯堡
所干的那样
这是我已经放弃的计划
让我彻底打消这一念头的是
五年前儿子的出生
他生下后吃得最多的一种药
冲剂——由发甜的颗粒组成
有着这样好听的名字
让我无话可说
让我无诗以对

2001

诞生的秘密

小时候我问父亲
“爸爸
我是怎么来的”
父亲回答说
“我吐了一口痰”
我记住了他的话
记住了这个有关
诞生的秘密

后来是儿子问我
“爸爸
我是怎么来的”
我也回答说
“我吐了一口痰”
我想起父亲的话
想起当年的他
不曾糊弄我

可是我的儿子

没有当年的我
那么朴实
听完我的解释
他立刻跳了起来
大着嗓门嚷嚷
“我们老师说了
不许随地吐痰！”

2001

中国少年

少年时我有一小间
和一张短短的单人床
父母在隔壁
夜里玩得很热闹
我不知他们在玩什么
什么样的游戏
总是让他们
玩得那么不严肃
我看不到他们
也无法听清他们的交谈
只是在瞎了一样的黑暗中
我仿佛看见
父亲变成了一本书——《呐喊》
母亲就是一部电影啊——《吟公主》

2001

有一年我在杨家村夜市的烤肉摊上
看见一个闲人在批评教育他的女人

你是不是看上那个小白脸了啪一耳光
你要是看上他了你就跟我说啪一耳光
你要是看上他了你就跟他走啪一耳光
哭啥呢哭啥呢我好好跟你说话呢啪一耳光
他要是敢欺负你你就来跟我说啪一耳光

是不是占了咱便宜现在又不要咱了啪一耳光
那你去　把他叫来我只要他一块肉烤了下酒啪一耳光
啥你说啥对不起我你没啥对不起我啪一耳光
你跟个穷学生要是没钱了回我这儿拿啪一耳光
你跟他走过不惯再回来咱们接着过啪一耳光
不是不是那你哭啥呢跟他好好过日子去呗啪一耳光
反正你走到哪儿都是我的人儿啪一耳光
哭啥呢哭啥呢你是我的人儿我才打你啪一耳光
滚吧滚吧今儿晚上你就跟他睡去吧啪一耳光
他那老二咋样你明儿一早来跟我汇报一下我还就是
　不信这帮小白脸了啪一耳光

啥不让我找别的女人你管得着吗你以为你是个什
么东西今儿晚上我就找仨啪一耳光
嗨吃烤肉的胖子你看啥呢我教育我女人你看啥呢
啪一耳光

2001

父亲一生的真情告白

起初我并没有爱上你的母亲
她对所有人都好
一只善良的羔羊
周围全是虎狼
我怕她被他们吃掉
预感到我不出马
她在这世上的日子
就不会很多
我开始夜夜操心此事
直至挺身而出
那时广播里播送着
暴风雪的消息
一个疯子在河岸上裸奔
“运动来了！运动来了！”
他嘴里这样喊着
提醒我立即行动
着手解决

赶在风暴来临之前

把你的妈娶回咱家

2001

七十年代

从电锯声刺耳的
木材加工厂
出来的时候
天空飘起了雪花
我帮父亲
把加工好的木料
用架子车
拉回了家
后来那些木料
被一个
江苏来的小木匠
打制成捷克式家具
长久摆放在我的家里
而我在那天得到的
奖赏是一张电影票
电影快要开演了
没什么比这更加紧急
我在漫天的雪花中
从家朝电影院跑去

灰蒙蒙的天底下
一个孩子跑着
那年头没有比这
更平常的事了
他呼出的热气
使雪花
在空中融化
那一天
那个下午
他气喘吁吁
跑向的幸福
仅仅是一部朝鲜电影
《金姬和银姬的命运》

2001

9·11 心理报告

第 1 秒钟目瞪口呆
第 2 秒钟呆若木鸡
第 3 秒钟将信将疑
第 4 秒钟确信无疑
第 5 秒钟隔岸观火
第 6 秒钟幸灾乐祸
第 7 秒钟口称复仇
第 8 秒钟崇拜歹徒
第 9 秒钟感叹信仰
第 10 秒钟猛然记起
我的胞妹
就住在纽约
急拨电话
要国际长途
未通
扑向电脑
上网
发伊妹儿
敲字

手指发抖
“妹子，妹子
你还活着吗?
老哥快要急死了！”

2001

非关红颜也无关知己

亲爱的
亲爱的
亲爱的
为什么
别人只见我
体内的娼馆
而你总能发现
我灵魂的寺院
并且
听到钟声

2001

红色中国的回忆

当运送肉食品的冷冻车
外观仿佛灵车
在人群稀少的大街上
徐徐驶过时
每一个街角
都蹲着一个大脑袋的少年
默默地咽下一口唾沫

2001

森林里的寓言与诗有关

猎人。游客。狮子。

猎人在森林里
寻着蛛丝马迹
还有那股骚气
找到了狐狸

游客沿着
猎人的足迹
就是见不到
一只狐狸

狮子来了
大腹便便的懒家伙
什么也不找
狐狸在它肚子里

狐狸！狐狸！狐狸！

2001

贝尔戈米大叔

1982 年
他十八岁
在西班牙
和队友一起捧起了
金光灿灿的世界杯
可作为一名年轻的替补
他未能出场一分钟
(那年我十六岁
生活就是考试、考试、考试
我对这样的运气羡慕不已)

1990 年
他二十六岁
在其祖国意大利
他带头反对主教练
要求球员在比赛期间
禁欲的动议
他说：你给我房事，我还你胜利
(那年我二十四岁

生活就是做爱、做爱、做爱
我对这样的反对满怀共鸣）

1998 年
他三十四岁
在美国
最后一次冲击世界杯
用出色的表现证明
世界上最矮最老的盯人中卫
仍旧是最好的之一
他把所有年轻的锋将
都盯得喘不过气来
（那年我三十二岁
生活就是出名、出名、出名
我对这样的表现五体投地）

2001

伊豆重生

伊豆
从未降生的女儿
我的没有的女儿
我至今仍没有
创造出你
我只能为你创造出
一帮弟弟

我知道
我是不灵的
能够为世界
创造美人的父亲
性情应该温柔
面孔应该清秀
说话应该娘娘腔
生就一副女人形

你的爸爸
从来不是

他必须等到宣战
才可以作战
他必须等到爱情
才可以做爱
他必须等到欲望
才可以生殖
他活得这么简单
却又这么刻板

可是
你不是我生出来的
而只是我写出来的
十三年前的夏天
我就写出了你——

“你一岁的黄毛
你五岁的小辫儿
你十岁的马尾巴
你二十岁的长发
都在照耀我
如天国的光辉”

所以
十三年后的今天
当你作为一个人物
在一部小说里
在别人的笔端出现
我是多么惊讶
又是多么不安

“我是我自个儿的爹”
这只能是你父亲的诗句
而无法成为你的台词
你的出场
无需台词

你不是混乐队的女孩
不是把摇头丸当糖吃
来向世界撒娇的女孩
不是光着屁股
并以此为旗的女孩
啊！我想过
不止一次地反复想过
这个问题——

天下任何一个母亲生你
都会把你生成淑女

“我是先有你
才有你母亲的”
十三年前我如此写道
十三年来我因为作诗
而在灵魂深处
步入僧侣的队伍
却无法省略
一个男人在肉体上
所需的一切

伊豆
当爱欲横流
慌不择路时
你是我
大致不错的方向

2001

父子悲哀

这是新年
新年里的头一天
老朋友烦见面
意外之人
也没出现
索性带着儿子
去他最爱的肯德基
等餐之时
我们在空旷的前厅
用吸管做击剑
他总是被我刺中
哈哈倒地
从头再来
儿子
你的悲哀在于
你忽然发现
最佳玩伴
是自个儿父亲
但这样的时刻

幸福的时刻
总是很少
而我的悲哀
更进一步
最佳玩伴
不会是你
但离了你
罩不住你
我和谁
都不能玩好

2002

饺子

大年三十那天
他和父亲埋头在地里
干了一整天的活儿
所以他在往家走的途中
记准了蛇年
最后一轮夕阳的模样
回到家中
母亲端上了
热气腾腾的饺子
吃过之后他就睡了
因为第二天
他和父亲还得下地干活
必须这样做
因为他每年的学费
就是（也只能）
从地里刨出来

一位来自
乡村的大学生

在我的课堂上
做口头表达练习时
向大家讲述
他如何过年
在五分钟的过程里
他叙述平稳
语调冷漠
只是在说到
“饺子”一词时
才面露微笑

2002

性感诗评

总之这首诗
写得非常阿富汗
主题十分塔利班
手段有点本·拉登
语言的质地
像炸过十遍的焦土
作者的控制力
像遍地都响的地雷
结构像灰飞烟灭的
基地组织
速度像坎大哈城外
公路上的汽车
意图毕露
好似耗子们藏匿的山洞
在这样的一首诗中
大佛被炸
电视被埋
不戴面纱的
妇女被杀

人性和文明
惨遭践踏
总之这首诗
写得非常阿富汗

2002

行刑

宰了
爱我的两个女人
还不算够狠
关键在于
我采用的形式
是让她们下油锅

油锅滚沸
她们扑腾着
那变成骷髅以前的脸
那快要没有的嘴
还在大叫着
我的名字

听完我站着成灰

2002

我去不了的某地

那里的春天
和我们这儿
不大一样
天地倒挂
风水倒转
一只风筝
在放一个人

2002

悲情城市

一觉醒来
这座土城
转瞬有了
在水下被浸泡
三百年以上的
阴冷与腐朽
海藻在空中漂浮
我成了海洋生物
从此在海底生活

2002

妻在酒吧

妻在酒吧里的样子
显得有点局促
令我心痛
扳起指头算算
我竟是头一回
和她一起来到
这种地方
与我同行
把穷日子过到头
似乎也不是为了
通向这里
那份局促
只是因为
和我一起
作为一个女人
她竟能在此处
再度赢得我这
男人的欣赏
她在一支香烟

和一杯啤酒面前
所表现出的无限优雅
走前买单时
那舍我其谁
永远替我做主的
无意洒脱
令我陌生而又熟悉
倍感欣慰

2002

静

四周真静
静到什么程度
才会有人发疯

当时钟不再
嗑着时间的瓜子
因噎废食以后

一个聋子
终于听到了
弦断之声

助听器也聋了
但也听见主人的心
早已不跳

2002

实在的虚无

我不知道
童年往事中的以下两件
哪一件更虚无

——四壁敞开
新盖的鸡窝已经面目全非
我养的鸡崽在夜里被黄鼠狼叼去了

——白雪皑皑
站在雪地上的我差点没哭出来
我那名叫白雪的小狗我怎么也看不见

我只知道
童年往事中的以上两件
让我一生虚无

2002

放下了

看见雪山我没有放下
那处女一样的雪山
也没能让我放下
看见黄河我没有放下
天下黄河青海清了
也没能让我放下
放不下
放不下
塔尔寺里有一千盏
酥油灯的神圣
一名紫红大袍的藏僧
抡动着肌肉饱满的大臂
鼓声滚滚而来
震破我缺氧的
心以及灵魂
我还是放不下
只是——
当我结束了此次远行
回到家中

手中的圆珠笔
在笔记本里追踪着
这首诗的时候
一切都放下了
该放下的
和不该放下的
统统被我放下了

2002

大雁塔我留下
送君一座小雁塔

同游者登塔去了
在庭院深处
长亭的一角
我四肢摊开
那么舒服地靠着
在《梁祝》的古筝
和由我自己撞响的
不绝于耳的古钟里
可以享受一次
千年的午寐
无梦的小睡
眼前很黑
醒来之时
却满脸泪水
哭的表情
在脸上凝固
我无所哭
一定是什么

那更大的

更高的什么

那更小的

更低的什么

借我一用

用我来哭

2002

交警和车夫

三轮车夫的职业
是这酷夏
50 摄氏度的毒阳下
最残酷的饭口
同样的
街头交警的职业也是

更残酷的是
他们之间的鱼水关系
一名交警终于找到了
一个车夫的茬儿
在他认为不合法规的路段
他要收缴他的车

残酷之上的残酷
就是这首诗
让交警迷茫的是
车夫已和他的车子
焊也似的连在一起
再也无法分开

正如交警足下的警靴
深陷在晒化的柏油里
将其变为一尊雕像

2002

思念或质疑

在异国他乡旅行
最先思念祖国的
是肠胃
那是从涂满黄油的
第一片面包开始的
明摆的事
如此简单的经验
怎么此前
来过的家伙
就没一个告诉过我

2002

没发出去的 E-mail，给 G

有一点和你预言的
有所不同
追名逐利的路上
我仍会想起你
那是在瑞典南部
乡村的别墅区
散步的时刻
我想你会喜欢
这些油漆得
十分漂亮的木屋
一家三口
住在里面
和外界少有联系
不被打扰
下辈子吧
亲爱的
这辈子我身为一名
脏乱差的诗人
恋着我们

脏乱差的祖国
离不开啊
下辈子我争取投生
为一名瑞典的医生
还是娶你
并给你这样的生活

2002

交流

在奈舍的湖畔公园里
黑头巾包不住她的美丽
一位荡秋千的阿拉伯妇女

我走近她的时候
她开口和我说话
用的是英语
我听岔了
以为她是在催我远离
催一个无事可能
生非的男人
尽快远离

我正在迟疑
却又听明白了
她的后两句
她是在问我
荡不荡秋千
意思是她可以
让给我玩

我真想走上前去
搭把手
加点力
把这位荡秋千的
阿拉伯妇女
荡得更高一些啊

但想了想
又决定放弃

2002

关于诺贝尔奖
我看见了什么

托马斯·特朗斯特罗姆
坐在自家的苹果园里

苹果树上果实累累
随便哪一个

苹果砸下来
都会砸到他的头

可每一个苹果
都那么自律

坚持不坠
为此拒绝成熟

于是果园的主人
吃不到自家的苹果

2002

我知道猎人是怎么刮胡子的了

从前我总以为
猎人是不需要刮胡子的
一把越大越好的大胡子
似乎就该是
猎人的标准形象
因为自以为是的无知
我无法通向山林的知识
不懂得真正的猎人
狩猎前非得刮脸
以示对山神的尊敬
还想配得上美丽风光
即使排除掉上述因素
我还犯了个天大的错误
以为猎刀只是猎人的佩刀
忘记磨好了的话
它可以削铁如泥

2002

秃子

九个人
从一具尸体旁
走过

他们中间
只有一个人

没有摘下帽子

2002

对眼

我的右眼里
有一条蚯蚓
它像火车那样
在泥土中
向前开着

蚯蚓！蚯蚓！

我的左眼里
有一列火车
它像蚯蚓那样
在大地上
朝前爬着

火车！火车！

2002

忘年的情人

儿子抱着
母亲的墓碑

活到二十一岁的儿子
抱着十八岁死去的母亲的墓碑

抱着因生他而死的母亲
感觉像抱着自己的情人

我这么做时已经三十六岁
抱着六十岁死去的母亲的墓碑

如此忘年的情人
男人们都会拥有

2003

春风

立春是在三天以后
新年的第一缕春风
已经提前到来——
我是说老哥伦比亚号
航天飞机坠毁的消息
随电波传来时
在我没有悲伤
恰似春风拂面
在中国的春节里
世俗生活深不见底
一个畏惧麻将的人
需要知道
在这世上
从来从来
都有人想飞
并且和他一样
渴望不惧牺牲的飞翔

2003

老情人

如果约会不是幽会
在酒吧喝过之后的
唯一选择是手牵手
一起回家
老情人
难道我们就不是了吗

在这春意浓浓的
情人节晚上
让我们一起走过
街巷和广场
走过年轻的情侣
灿烂的脸庞
他们手中
鲜艳的玫瑰花
很好看啊
就让我在这
午夜的大街上
为你唱支歌吧

今晚最好的情人
也唱不出的《老情人》——

“再唱首情歌
为我的老情人吧
走过多少不属于我的土地
晒过多少别人的太阳
走过就忘了吧……”

2003

伞

很久没有用过这玩意了
家中还有没有这玩意啊
下雨的时候怎么办呢
下雨的时候
我好像什么都不用
风里来雨里去的
下雨的时候
通常只意味着
有美丽的风景
下雨的时候
只是这时候
已经不多

2003

秘密写作

整个春天
我深陷于
秘密写作
难以自拔
或许它会延续
到整个夏天
秋天乃至冬天
直至巨著完成
现在我
拉上窗帘
让旷世之才
尽现给自己
并为此献上
血肉和真情
些许的泪水
在诗中说出
这个秘密
我十分后悔

生怕泄露了

一丝元气

2003

感官或观感

我在电视上见到的
伊拉克人民
每一张面孔
都长得比我朴实
我就更感到
他们不该杀

2003

枪手

年轻时
人们见我
动作快

现如今
只见快
已经不见
动作

将来等我
真的老了
只见动作
不见快

而最终
不见动作
不见快

2003

一个人的名字

又逢樱花开败时
他说的是
用电影减去他
还是用他
减去电影
都会等于零
这个男人
给过我很多
用他的电影
用他的生平
现在我想到
他给我的意义
大不过他的名字
在初闻之时
给我的全部感觉
黑泽明
黑泽明
黑泽明

2003

5

一个人

从一条街上

走过

与别的人

肯定不同

因为

在他掌心里

有一个

圆珠笔

留下的

阿拉伯数字

5

2003

白衣天使

她们是天使
我知道她们
本来就是天使

并不是在我们
这样叫的时候
她们才是

纵然天使
也会像战士
一样死去

我还是反对
有人把她们
称作战士

以各种名义

杀人的战士

天使不杀人

2003

口罩

平常日子
我看见口罩
总想知道
它罩住的一张脸
是美的?
是丑的?
这些日子
当瘟疫蔓延大地
我看见口罩
只想知道
它罩住的一张脸
是哭的?
是笑的?

2003

母亲的少女时代

花丛中的欢声笑语
几名女生
跑过我面前的小径
其中最娇小
也最快乐的那一个
让我忽然看到了
母亲早年的美丽
她的少女时代
沐浴着上海的风
1948 年春天的阳光
一览无余地照在
圣约翰中学的校园里
日后成为母亲的少女
总会先被她没有生出
的儿子爱上
就是这样

2003

又逢夜半观球时

有人跑着跑着就死了!

让我在默哀中祈祷
让我在祈祷中确信

将来的某一天
未来的某一届

有人死了死了还跑着!

2003

海明威传

他把莎翁和托翁
叫作“冠军”
一个美国大男孩
表示崇拜的叫法
之后依次排下
将一些伟大的同行
在第十三还是第十四的位置上
他小心翼翼地写上了自己的全名
欧内斯特 · 密勒 · 海明威

真像是我干的
所以我喜欢他

2003

汉茂陵石刻记

在这个历史悠久的国度里
最伟大的艺术品也只配
享受末流的待遇
这样正好——
眼前的这些宝贝没有被
运到北京去
罩在玻璃里
而是留在原产地
远处是汉武帝的大坟
近处是霍去病的小碑
比他们更为不朽的石头
被放置在两座长亭里
跟放在露天差不多
这个季节多麻雀
小家伙们飞来飞去
累了就在这些石头的
怪兽头上栖息
并不感到惊恐
长此以往

鸟粪——不同年代的
鸟粪便成了这些
大巧若拙的石刻上
唯一的图饰
美丽的花纹

2003

大年将至

放假啦
回家啦
我在习惯儿子的归来
并对他制造出的
任何响动
随时准备做出反应
比如此刻
他扒在窗上
用望远镜侦察到
对面楼一户阳台上的
一点敌情
并汇报给
我这个司令
我拿过他手中的
望远镜观察
在阳台的铁丝上发现
一挂蜡肉、两只熏鸡
一捆咸鱼……
不是我儿馋了

他的奶奶死得早
带走了这些手艺
他便从未吃过这类东西
而只是对这些
被做成木乃伊的动物尸体
感到十分好奇

2004

西施兰颂

我要高声赞颂
此种夏露
此种汗臭灵
此种滴液
我是它二十年
以上的使用者
它使我天生的狐臭
得以控制
不得远播
很好地起到了欺骗
一般群众的效果
让他们以为
我和他们一样
都是香喷喷
至少无味的

2004

好牙

我特别佩服
牙口好的人
倒不是因为
那样一种说法
说牙好骨头硬
在我心里
以能否咬掉
啤酒瓶盖为标准
将人分成了两种
记忆中最牛的
一位爷
曾一口气咬掉过
十八个啤酒瓶盖
并将其中一个
咬下来的盖子
放在嘴里嚼着
最后将之咬成
火柴头粗细的
一根铁针

拿在手里

掏自个儿的耳屎

2004

悬念

哀乐声起
有好几次
我都跑去打开电视
调到新闻频道
看看又有何伟人
乘鹤西去
天空会不会塌下来
但却什么都没有

后来我终于听仔细了
是对面那座楼的
顶层阳台上
有人在用萨克斯管
吹奏哀乐
每天都吹
夜深时吹

我想搞搞清楚
他是谁

有着怎样的故事
可是——
一想到最终
要与之面对面时
我便不寒而栗
自行放弃

2004

动物搬家

原在市内的动物园
要迁到终南山里去
这是我早就知道的消息
因为我那老美人的堂姐
就是那里的一名会计

到了今年终于迁了
迁的时候浩浩荡荡
运动物的车队由警车开道
从城中穿过
仿佛盛大的游行

我准备五一长假
带着儿子去那里瞧瞧
倒是挺方便的
从市里新开的专线车
直通那座野生动物园

可就在临出发的前两天

堂姐打来电话说
不要来了，太扫兴了
一些动物傻待在笼子里愣是不出来
一些动物疯跑到山中去就是不回来

我对着电话跟堂姐说
它们还是挺像人的
人类就可以分成上述两种
堂姐的话还没完呢
她说：还有一些动物一搬家就死翘翘了

2004

城市的风景

切 · 格瓦拉叼着雪茄
谈笑风生的样子
出现在城中心
一个巨大的广告牌上
我们的商人已经长大
开始告别“做女人挺好”的小技巧
懂得了要以理想主义的嘴脸
去掏理想主义者的腰包
是一种更优雅更时尚也更高级的玩法
我和儿子碰巧从下面经过
儿子问我：这人是大老板吧?
我想了想
回答他说：
是大老板
但是没钱

2004

阳光下的醉鬼

长安的秋日
这午后的阳光
多么难得
坐在我所任教的学院
教学楼前的台阶上
我像个贪杯的酒鬼
被阳光晒醉
半小时的阳光
相当于三两酒的能量
在醉眼朦胧中
我看见阳光
仿佛液态的酒
在一个被 X 光透视出的
惨白人体
那四通八达的血管中
高速奔流

2004

今天是你的生日我的老婆

有人唱
人世间最浪漫的事
照我看
是最实在的事
就是和你一道
慢慢变老
老成两只老猴子的时候
盘腿坐在床上
就当是在树上
相互挠痒痒
有虱子的话
还可以捉两只尝尝
老婆子
你那长长的
缠在我脖子上
三圈不止的玉臂
已经枯干如柴
却是我一辈子

也享用不够的

人骨牌老头乐啊

2004

新疆之诗

诗人像失了水的鲜花那般
在天山南北枯萎
对得起这里的大地
最新疆的两句诗
来自于留山羊胡子的歌者
一个死去有年的老头
“在那遥远的地方
有位好姑娘……”

2004

途中

车子沿额尔古纳河蜿蜒前行
河之对岸就是俄罗斯

车子沿额尔古纳河蜿蜒前行
你感觉那著名的俄罗斯大地

像一群忠诚的大狗跟着你

2004

白桦生北国

树上有疤
仔细看
那是
万人之疤
不知道有谁

树上有眼
仔细看
那是
一人之眼
你知道是谁

2004

在美国使馆遭拒签

整个上午
一百个人挤在一个不大的厅里
像挤在一条偷渡船的仓底
在等待签证的百无聊赖中
一个学芭蕾的美少女
成为全场的最大姣点

在与签证官见面之前
我已经有点底虚了
我怎么瞧着被签的人中
几乎没有青壮年的男人
有那么两个
一个是带着老伴的老头
一个是个头够不到窗口的侏儒
美国怕了
真的怕了
他们现在怕男人
哇靠！大胡子的签证官
其实比我长得

更像个恐怖分子
他未加丝毫考虑
坚定不移地拒签我
难道是“猩猩惜猩猩”
他一眼便瞧出了我眼中
深藏不露的杀气
移民之嫌
有此迹象乎
大唐李白想要移民波斯
你他妈甭跟老子开国际玩笑了

在我扬长而去之时
那个学芭蕾的美少女
也被另一窗口的黑女人拒签
她真是快乐得像只欲飞的小鸭子
欢叫着离开此地
“一准儿是她父母逼着她去美国……”
队伍里有人做出了正确的判断

2004

STOP

第一个
乘热气球
成功横渡过
大西洋的人
说自己是个
胆小怯懦的人
深度恐惧死亡

我正在言说的嘴
自动停了下来

2005

我又写到了出租司机

出租车里的收音机
正在播讲笑话
是司机们喜欢的交通台
每讲一个
我面前的那个司机
就要乐上一阵子
终于
在讲到一个灵车司机的笑话时
我也放声笑了出来
和司机一起哈哈大笑
接下来发生的一幕是
那个傻大黑粗的司机
用我没有看见的一个
灵巧而迅捷的动作
一下关掉了收音机
要亲自给我讲个笑话
他说有一对恋人
养了两只狗
给一只取名叫脸

给另一只取名叫屁股……
笑话真的很精彩
只是他拙于讲述
让我没有笑出来
而心中却有一份融融的感动
如果还有那么一个陌生人
要不计报酬地给你讲笑话
世界啊就还没有变得太坏

2005

父亲的爱，父亲的诗

爱子如命啊
我爱子如命
亲爱的儿子
当你长大之后
发现父亲
打你小时候起
引导你吃的食物
虽然未必好吃
却都有着壮阳的功效时
你不必太过感动
父亲的爱
父亲的诗
就是这么具体实在得
有那么一点儿伟大啊

2005

1972年的元宵节

一个孩子
一个和我一样大的孩子
提着一只红灯笼
在黑夜之中跑过

我第二眼
又看见他时
只见他提着的是
一个燃烧的火团

那是灯笼在燃烧
他绝望地叫唤着
仍旧在跑

在当晚的梦中
我第三次看见了他——

变成了一个火孩子
在茫茫无际的黑夜中

手里提着一轮

清冷的明月

在跑

2005

姑妈口中的爷爷

他在喧嚣的红尘中
他在时代的暗夜里
忠实于自己的内心
做着他的家训
为自己的后代
当好先知
他说：我们家的孩子
都是比较笨的
不善于和人打交道
那就与天与地为友
并在天地之间
安放自己的追求

2005

中国人的清明节

也许是因为没有
站在上帝面前的习惯
我们也就不会
站在死者墓前
垂首默哀
念念有词

哦！这就是我们中国人
我不骄傲
但很自在
清明节这天
雨过天晴
我和我的家人
围坐在
庭院一般的
先祖的墓园里
就像在家庭的晚宴上
那样正常地说话
仿佛他们都还活着

听得见
并且以沉默作答
献上的供果
最后被孩子吃掉了
据说这会有福的

清明
对我们中国人来说
是用来郊游和踏青的
春天的节日
和漫山遍野的
鬼魂一起

2005

端午节

吃粽子就是吃粽子
我很少在每年的这一天
想起屈原
或许——
忘却是最好的纪念
纪念着伟大的屈原

2005

盆景

我素来憎恶盆景

此为人类
对植物施加的
裹脚术
炮制出
植物的侏儒
那是
一盆一盆的
血

今天稍有不同
我是在读某些
活死人的诗时
想到了这可恶的盆景

2005

零度以下的早晨

季节的内分泌紊乱了
造成了深秋与初冬
重叠的景观——

在零度以下的早晨
天还未亮的时刻
站在街边等车
被冻得瑟瑟发抖的我
看见一个环卫工人
将马路上的落叶
扫在一起
扫成一堆
然后点燃……

黑暗之中这个
熊熊燃烧的火堆
令我冲动似的
跨上前去伸出双掌
做出一个烤火的动作

那个已在收工的环卫工人
瞧着我笑了
他在黑暗中的一半笑得像个黑人
他在火光中的一半笑得像个火人

我想：不知他是否读懂了
我这烤火的动作
也是一个敬礼的手势

2005

盲道

我知道盲道的存在
没几年——几年中
我从未在盲道上
看见过一个盲人
（他们戴墨镜吗）
也没看见过
一个明眼的人
贸然走在上面
盲道以外
全都是人
熙熙攘攘
密不透风
空出这黄色盲道
看似无用的
真空隧道
却是条条大路的
动脉血管

2005

东陵有条灵魂之路

在东陵
有一条灵魂之路
当导游小姐
告诉我们
它作招魂之用时
所有诗人的脚
都小心翼翼地
回避开它
不论民间的
还是知识分子的
不论第三代的
还是中间代的
不论有话要说的
还是无话可说的
偶有不慎踩踏者
也都触雷一般
缩回脚来
灵魂之路

没有足印

没有人迹

2005

天津的味道

我一根筋地认为
在天津的每顿早点
都该吃煎饼果子
渊博的主人徐江说：
只有豆面做的
才是最正宗的
那就来豆面的

我正翻着白眼
大嚼大咽
一个硕大的煎饼果子时
有位提菜篮子的老大娘
走到近前问我
“大哥，几点啦？”
猛遭此问
我竟羞怯得像个情郎

赶紧瞅了一眼手腕上
那块自塘沽假货市场

淘来的金灿灿的假名表
我知道最天津的回答是
（徐江教过我）
“姐姐，八点啦。”
是的，我热情地回答了
但那声够味的“姐姐”
却没有喊出口

2005

眼前的景象

这是春节期间的某天晚上
我和几个朋友在一家火锅店里
大吃大喝了一顿之后
正在向一家咖啡馆转移
在我们走过的路上
在一条慢行车道的当间儿
一个无腿的乞丐正坐在地上
用手机跟人通话
声音很大旁若无人
能够听出是在拜年
“他肯定打的是长途
跟一个外省的乞丐”
“没准儿还是国际长途
跟一个外国的乞丐”
对不起！请原谅
我和我朋友的这份贫吧
不是我们没心没肺麻木不仁
也不是歧视、轻蔑和冒犯
只是一种惊慌失措的掩饰啊

我们确实来不及
为跟前如此这般的景象
预备好一份正确的情感

2006

春日

窗子框住了
窗外的景物
像幅油画一般
悬挂在我家墙上

在那幅画里
有一位退休的老司机
正搀扶着他的
大病初愈的老伴
进行走路的恢复练习
在明媚的春光里

坐在窗下的电脑前
正在写着
自以为是巨著的我
已经掌握了窗外
这个老司机的故事

他真是个能干的爷们儿

一辈子一辆车
就养活了一大家子人
现在他老了
还是他老伴的活拐棍

我其实心里清楚
像我这样的男人
是因为生来就不如
这种强悍的老爷们儿
所以才要写巨著
才要玩虚的啊

2006

酒桌上的谎言

春节期间
与老友聚会时
酒酣之际吐出的话
被他们当了真
我说："我在三十岁以前
已经过了美人关
我在四十岁以前
已经过了名利关
我争取在五十岁前
把生死关给丫过了
老子连活都不怕
还怕死吗"
我的朋友们
把我的话当了真
就敬着我这个人
其实我对他们撒了谎
其实我一关都没过

2006

恍惚

一个人
从一条街上走过
他惘然想起
这是他在十年前
走过的一条街

在这条街的下面
正在施工
修建地铁
是他在十年后
常坐的地铁

前世他是一只风筝
飘零到本市的上空
后世他是一颗卫星
因故障而无法回收
绕着地球疯狂傻转

2006

修炼成隐者

院中的花儿开了

我头一眼
看见它们的时候
脑子里
收获到的信息是——

山中的花儿开了

这是真的
我已经修炼成隐者

2006

春天的乳房劫

在被推进手术室之前
你躺在运送你的床上
对自己最好的女友说
“如果我醒来的时候
这两个宝贝没了
那就是得了癌”
你一边说一边用两手
在自己的胸前比划着

对于我——你的丈夫
你却什么都没说
你明知道这个字
是必须由我来签的
你是相信我所做出的
任何一种决定吗
包括签字同意
割除你美丽的乳房

我忽然感到
这个春天过不去了
我怕万一的事发生
怕老天爷突然翻脸
我在心里头已经无数次
给它跪下了跪下了
请它拿走我的一切
留下我老婆的乳房

我站在手术室外
等待裁决
度秒如年
一个不识字的农民
一把拉住了我
让我代他签字
被我严词拒绝

这位农民老哥
忽然想起
他其实会写自个儿的名字
问题便得以解决
于是他的老婆

就成了一个
没有乳房的女人

亲爱的，其实
在你去做术前定位的
昨天下午
当换药室的门无故洞开
我一眼瞧见了两个
被切除掉双乳的女人
医生正在给她们换药
我觉得她们仍然很美
那时我已经做好了准备

2006

春天的亲人

每年春天
我都在花的现场问人
“这是什么花？”
“这是什么花？”
“这是什么花？”

然后
忘记
然后在下一年
接着问人
接着忘记
以至于很多年

我觉得
我比那些知晓
所有花儿名字的
植物学家们

更是春天的

亲人

2006

晚景

小时候我猛地一吸
嘴唇上边的鼻涕虫
就没了

我发现
随着年龄的增大
人对鼻涕的控制力
越降越低

于是我明白了
那个在泡馍馆里
坐在我对面的老头
他在吃泡馍的时候
鼻涕不由其控制地流到碗里头

正是明日的我

2006

瓜患成灾

从老婆说起

今夏西瓜多

有瓜农破产自杀的那天起

我们家每天都要消灭

一个大西瓜

从那天起

我几乎就没怎么喝过水了

儿子的身上也是一股西瓜味

夏天过去的时候

我家的水泥地板上

也长出了西瓜

变成了一片瓜地

是儿子吃瓜时

老是吐籽不准

造成的

2006

聊诗

“他的诗为什么
总是写得不够好？”

“他的诗里没有鬼
心中有鬼没有用”

2006

从楚回秦

我体会到了
一个秦人从楚国
回到秦国之后的感受
关中平原的麦子已熟
差一点点就错过了收割
他从地里头拣起一株
颗粒饱满的麦穗
凝视着麦穗
想念起能写一手绚烂楚辞的
屈原和宋玉
编钟在耳边
杂乱地敲着

2006

崆峒山小记

上去时和下来时的感觉
是非常不同的——

上去的时候
那山隐现在浓雾之中

下来的时候
这山暴露在艳阳之下

像是两座山
不知哪座更崆峒

不论哪一座
我都爱着这崆峒

因为这是
多年以来——

我用自己的双脚

踏上的头一座山

2006

此诗属于宁夏回族诗人马茹子

你来自六年不下一滴雨的同心
兄弟，我记得你在会上发言说：
当地的婆姨担水时
看见水桶里的水滴
掉落在地
竟会情不自禁地
发出哎哟一声
心痛的叹息
……
兄弟，今天你来了信
发来了咱俩在老龙潭
极富质感的石崖前的合影
你在信中说："很高兴！
下了一夜大雨！
山区人民有水吃了！
愿真主护佑他们！"

2006

县医院的拖拉机

县医院的病房里
突突突地开进了一台
手扶拖拉机
那是被陪护者甲
硬生生强指成机器的一个
人——中年农民患者乙

甲指着乙
对探视者丙说：
“他这台拖拉机呀
所有零件全都坏球啦
左右两肾全都长瘤
心也坏啦肝也坏啦
前列腺也有毛病
所有零件全都坏啦……”

“谁叫他不看病呢！
他这一辈子
好像从来

就没看过一次病”
丙摇摇头
叹口气
望着乙说

乙靠在床头
表情像笑
其实是不好意思了
他还顾不上怕死
只是为生病而羞愧
憋了好半天
终于说出话来——

“丢人哩！
俺这台拖拉机就快报废球啦！”

2006

相见不晚

在母校
与师兄苏童的见面
还挺仪式化的——
在五米开外
同时举起手来
算是一次迟到的相认

在同一场合
与莫言的见面
竟也如此这般
不好意思——过去
我从未把老莫当作师兄
人家是作家班的硕士生

有点儿没想到
跟小说家的见面
其场面反倒更像是
江湖大侠的相见
相比之下
诗人阴险

当然他们还是
把我看作诗人
苏童说：“伊沙
的歪诗多着呢！”
莫言说：“伊沙
是在食堂和厕所之间
来回奔跑的地狱诗人！”

初次见面
多多关照
胡捧够友
待到下回再见时
伊沙就不是诗人啦
咱们切磋一下小说

2006

高峰体验

半个舌头麻醉了
是钻牙时为了解除痛苦
注射进牙床的一针麻药
捎带着麻醉了半个舌头

仿佛在朝鲜半岛上
强行画出的那条三八线
将一国分成两半
一半麻醉一半痛苦

甚至激我想象出
池塘里最后一条泥鳅
被人类用麻醉枪
射杀时的惨相

走出口腔医院以后
受了大罪的我想安慰一下
我那无辜的舌头
就摸出一支烟来抽——

烟草的香味被享用了
只属于半个舌头
另一半好似麻木的焦土
任凭硝烟滚滚而过

2007

又见真相

有的人写诗
安坐于书斋
手中握有
一管秃笔
面前摊开
白纸一张
有的人写诗
不知坐在何处
手中无笔
面前无纸
却见好诗
哗哗哗地往外冒
我经历过
也就洞见了
个中真相——
那是命运之神
叼着烟斗
吞云吐雾
站在其身后

握着他这管

粗大的血肉之笔

在写

2007

暖冬之夜

等雪
等得心痒痒
抬头
瞧见白月亮

2007

父亲的钢板

在我不给父亲赠书很久以后
他送给我一部他的新著
他说："你看我也没闲着"
我知道我知道
他确实没闲着
退休十载也闲不下来
两次大病也拦不住他
即便如此
我还是被接到手中的
这块钢板一般的大书
给镇住了——
这是一部十六开的大书
名字叫作《中国麝类》
动物学专著
中国林业出版社所出
全书九十万字
还有大量照片
统计表和示意图
据我所知

这是出在我们家的这位
国际水准的动物学家的
第三部专著
三块钢板
等于他这辈子

我提着这块父亲的钢板
步行回家
心里想着我对其
为之奋斗终生的事业的
可笑认识
有趣的一面是
他观察过不少动物
在发情期内的交配行为
无趣的一面是
有时他踏遍青山累断腿
但却一无斩获
刚才赠我书时
父亲自诩："我的每行字
都不是乱写出来的"
我起哄道："我的每行诗
还都是乱写出来的"

但是——爸爸
现在我暗自默默地承认
你对我的工作态度
产生过良好的影响
从我年少时你让我看你
一笔不苟的论文手稿开始

沉甸甸父亲的钢板
这一部我读不懂的书
被我带回到自己家里
摆放在我书桌上
母亲的遗像边
这时候
不可思议的奇迹发生了
遗像中的母亲
悄然改变了眼神
望着那块钢板
她的表情难以形容
就像生前望着父亲
望着她的男人她的神

2007

怪鞋

我和儿子赤裸相见
共浴于我家浴室
当热水冲淋下来的时候
有一种吱吱的声音响起
(很像是老鼠咬嚼的声音)
来自于我们脚下的拖鞋
儿子说:“爸爸
你买的拖鞋会唱歌”

儿子一语
叫我脸红
爸爸在四十岁以后才成长为
一个会给全家买拖鞋的男人
买拖鞋时会挑便宜货的男人
难保不买到伪劣假冒的拖鞋
进了水
会唱歌

这两双会唱歌的拖鞋
还叫我回想起儿子小时候
穿过一双会亮灯的旅游鞋
某年冬天一个雪夜
他在雪地上奔跑、玩耍
只见风火轮不见了哪吒
令我瞧得目瞪口呆
惊心动魄

我问儿子是否还记得
他回答说不
然后又问："爸爸
你为什么总买怪鞋回来
诗人是不是就爱搞怪？"

2007

孪生兄弟

曹峰和曹峻
是一对孪生兄弟
他俩都是我的中学同学

上中学那会儿
我经常将他俩认错
两人还故意逗我犯错
分清楚的时候
我更喜欢开朗的弟弟曹峰
关系自然更好

我们在二十二年前的夏季
高中毕业各奔东西
曹峰在二十年前
在他所就读的兰州某大学里
因为抢了同学的女朋友
而被一刀捅死

二十二年以后

我才见到哥哥曹峻

就在上星期

在我家对面的巴味餐厅里

我请他吃了一顿饭

我跟他面对面坐着

尽量避免提及他的亡弟

但我始终感到

我是和曹峰在吃饭

喝酒、抽烟……

这种感觉真好啊

就仿佛世界上

已经不存在死亡

死去的人还在这儿

四周景物也变得鲜亮多了

一不留神

我们面前盘子里的香酥鸡块

迅速整合起来

昂首立于桌面并且打起鸣来

2007

身体也会被文字打败的事实

在西安东郊某家店
我吃到过迄今为止
味道最好的猪蹄

但是现在
时间才过去仨月
我已经想不起
那个味道啦
(舌头应该是有记忆的啊)
只记得
这个空洞的结论

记得更为清楚的是
在那家店的外墙上
写有一个巨大的字：
蹄

2007

海南岛

那一枚椰子
漂浮在海上

天空的情人
俯首的白云

啜饮着
他的心

2007

心，还是心

不到荷兰你不会知道
凡·高画得究竟有多像
不是不像而是就是
俗人的眼看不到这一点
是因为他们看任何事物
都不是用心在看
更看不到别人的心——

凡·高所画的荷兰是有脉搏的
我看见画框都在扑扑地跳啊

2007

传教者

在鹿特丹
细雨蒙蒙的清晨
我撑着一把破伞
独自徘徊在马斯河畔
三个传教的青年
两男一女
两黑一白
跟我热情地打招呼
向我分发印好的材料
向我传递上帝的福音

我说我是一名来自中国的诗人
跑来参加贵城的诗歌节
今晚在城市剧院
将会有我的节目
他们信誓旦旦地说：
一定要来听我的朗诵
我的诗歌

到了晚上
朗诵结束后
我很注意
看看观众中
有无他们的身影
但却失望了
也许他们来过
一听这诗
不像上帝那样说话
就悄悄颠儿了
传教去了

2007

比利时雕塑

对于只待过四小时的比利时
我还能记得什么
古老辉煌的教堂和城堡
都被照相机记下了
空出我的脑袋
让我记住那个老头——

他从安特卫普的街头走过
因为不会说英语
而无法为我指路
而强烈抱憾的定格的表情啊
仿佛一尊雕塑——

立于原地不动
盯着我问别人
见我问明方向
方才举步离开——

仿佛一尊移动的雕塑

2007

我的神赐我以暴雨的启示

终于到达了江油
也就到达了李白故里
我来了
带着《唐》
我想李白应该显灵

在李家的堂上
当一只黑脚蚊子
停在我的胳膊上
准备大吸我血的时候
我想：难道这就是李白?

不管是不是
想吸就吸吧
不管怎么说
不是李白
也是李白家的蚊子……

这样想着
屋外电闪雷鸣
暴雨骤降
在屋檐之下
形成一道密不透风的水帘
李白的塑像
就坐在水帘的后面

我想起上月在荷兰
在见到凡 · 高之前的
那场突如其来的暴雨
哦！我的神
为什么都喜欢显灵为雨
一场暴雨
此中有大启示

在我一步跨出
李家大院的那一刻
暴雨骤歇
百步之内
天已放晴

来到停车场

问那管理员

说这里不曾下过半滴雨

地面果然是干的

唯有赤裸裸的阳光躺在上面

2007

鸟瞰云南

每一条古道上
都行走着一个
小资

每一块坝子上
都蹲坐着一个
土司

2007

摩梭人家

当我一步跨进这家院子时
二层木楼上的小男孩
欣喜地看了我一眼
然后对着他的妈妈
发出一声：“爸爸！”

我的眼泪差点被叫出来！

2007

授课

“中国文学史
是一部贬官的花名册
和不得志者的难民营
由是推之
今天在我们眼前
晃来晃去的这些角儿
将无法构成
明天的历史……”

话说到此
讲桌上的麦克风被震哑了
而教室里的灯一盏盏亮了

空旷的教室——没有人听

2008

在场者诗

长安城中过
举头望天空
大师像超人
未长翅膀也能飞

哦！这就是唐朝

长安城中过
平视看众生
形容枯槁
目不识丁

哦！这也是唐朝

2008

与佛陀绝交书

天啊，你残害苍生枉为天！

——［元］关汉卿

佛诞之日
山崩地裂
生灵涂炭
肝脑涂地
花朵凋零
肝肠寸断
佛陀在天空扮鬼脸
作彩云诡异的一笑
你他妈是尊什么佛
生出来都在干什么
从此以后
见佛门不入
遇和尚不敬
实在躲不开了
见佛杀佛

2008

青城山破了

那是在已逝的世纪黄昏
在青城山的溪水边
我与一个开始谋求
成为当代国师的复古派诗人
触景生情地谈及杜甫
他吟：“国破山河在”
我跟：“城春草木深”
哦！足下小溪清如许
我俩形同知己
亲如战友加兄弟
九年时光像溪水流淌
现如今物不是人已非
情义破了
青城山破了
情义破人在
山河破国在
国与山河俱破
人何以堪
拿什么在

莫慌莫慌

就学那屈子

手握绚烂楚辞

不朽华章

凭诗而在

但却没这么简单

这就要看看

上下求索大灵魂

究竟是长在谁的皮囊里

2008

肾斗士

1

那个两度换肾
又进了两个球的
克罗地亚球员
在中国的媒体上
被唤作“肾斗士”

哦！伟大的汉语
一次性地展示了
它非凡的消化力和创造力
不单单存在于古代的典籍

2

肾斗士
带着父亲的肾脏
满场飞奔

身上奔涌着
父辈的血液

我不了解克罗地亚——
这个独立未久的前南国家
但又像是了解了——
它有一个肾形的灵魂

2008

处境

他发现世界不带他玩
一个中国人
就学着别人的样儿
从自己的祖国全身而退

他发现世界更不带他玩

2008

带儿子去行割礼

香蕉该剥皮了
牛牛该露头了
儿子该成人了
身为一名父亲
我所能做的是
把他带到此刻
如教堂般圣洁的医院
去行一次庄严的割礼
请求自己的好友——
一名主治医生屈尊下驾
再干一把实习生的活儿
割出一个符合国际标准
具有全球化意味
能够出席奥运会
并加入 WTO 的漂亮阳具
（就像前阵子
艳照上所见的那具）

用片刻的痛苦

换取一生的幸福

2008

葵

（同名诗刊及网站题词）

向太阳
不低头

2008

读史

春秋的天空
长得特春秋
天空下的祖先
个个都像神仙
活得可比我们
这些当孙子的
精彩许多

2008

电视访谈

大眼睛的女主持
眨巴着她的大眼
问那位天生的盲歌手
“假如给你三天光明
你想干点儿什么呢？”
“我什么都不想干
也不需要光明”
盲歌手说着
脸上绽放出
盲人特有的
幸福的笑容

2008

恐怖片

电视里墙上的挂表
和电视机旁
我家的座钟
走着完全一致的时间

2008

燥

五脏六腑的梦乐队
有着重金属的灵魂

开燥！为图穷匕首见的荆轲也为大殿之上尿湿了裤裆的秦舞阳
开燥！为左脚天使右手魔鬼的 1986 年的马拉多纳
开燥！为带着老婆和一大帮超生儿四处流浪的早衰男人
开燥！为永恒的杜甫的长安秋天你若喜欢我就把它送给你
开燥！为爱斯基摩人的孤独和他们在孤独中呵出的热气
开燥！为庄子梦见蝴蝶而我们只能梦见庄子
开燥！为像女人一般走路的男人那些易装癖和恋物癖他们也是渴望飞
开燥！为在奥运跑道上黑色闪电般飞逝的八个黑人为了全体黑人
开燥！为女中学生一样的白杨树和白杨树一样的女中学生

开燥！为在工读学校实习的日子我曾虔诚地相信
　自己就是人类灵魂的工程师
开燥！为十多年前风行于北京平民饭馆中的红星
　牌二锅头一根火柴就可以将之变为烈焰的酒
开燥！为贝多芬的耳朵司马迁的睾丸
开燥！为水手的新娘和一名像我一样的鼓手敲击
　着一万面太阳
开燥！为坐在马路牙子上将那过往车辆终于数完
　的北大研究生
开燥！为圆明园深处枝头上的吊死鬼
开燥！为一个长相酷似格瓦拉的男人
开燥！为一场从愚人节的天空馅饼一样掉下的爱
　情最终还是欺骗了你的事实
开燥！为青年时代的希特勒曾梦想做一名画家
开燥！为全世界的球迷主要是无法雄起的中国球迷
开燥！为一株向日葵但不为一个具有向日葵品格
　的人
开燥！为广场上大跳迪斯科的老太太像小妹妹一
　样笨拙一样可爱
开燥！为一脚踏痛月球的宇航员美国人哈勃·威
　尔逊用自己的命来宣告月球属于人类
开燥！为子宫里以跨栏的英姿拒绝出世的胎儿

开燥！为你在显微镜前的认真劲儿你在研究一滴精液中究竟有多少活的东西

开燥！为你对一个妓女手把手讲解阿赫玛托娃时的非凡耐心

开燥！为一小瓶砒霜在中国历史的紧要关头所发挥的关键作用

开燥！为我所没有的女儿是上帝不愿恩赐予我的天使

开燥！为一个强奸犯登台表演的诗朗诵“关关雎鸠，在河之洲……”

开燥！为你吞吐江河的时候作为背景存在的电线杆子上面贴着一张“包治阳痿”的海报

开燥！为绿林好汉的光脑袋不为领受招安的念头从里边闪出来

开燥！为赤身裸体的他为自己画了一条短裤而警察愣没有看出来

开燥！为写了一万行最终又被删去一万行的一首诗

开燥！为那些为计划生育的基本国策做出了杰出贡献的同性恋者

开燥！为我亲爱的祖母当年跟在刘和珍身后枪声一响落荒而逃

开燥！为我的灵魂导师鲁迅人之将死其言不善一

个也不宽恕

开燥！为中国百姓麻将桌上的万里长城轰然倒塌的日日夜夜

开燥！为古老长城已沦为玩具积木的现实

开燥！为下岗的工人们但不为濒临倒闭的兵工厂

开燥！为监狱囚室的墙上用粉笔涂抹出的一架展翅欲飞的单翼飞机

开燥！为茫茫雪原上神秘消失的脚印

开燥！为一个孩子的开裆裤被换成连裆裤而他死活不肯就范的日子

开燥！为被武则天女皇采精后的童子们苍白的面色

开燥！为凡·高的杰作《靴子》为我嗅到了这双龇牙咧嘴的靴子所散发出的强烈异味

开燥！为被我童年的一泡热尿冲得妻离子散的蟋蟀们

开燥！为我少年初恋的臀部丰满的阿姨

开燥！为幻视中用翠绿的橄榄枝叶遮挡私处并举手点燃奥运圣火的乞丐

开燥！为用鼓手的热血击筑的中国古人高渐离

开燥！为阮籍和嵇康也为艾伦·金斯伯格和查尔斯·布考斯基

开燥！为项羽放在阿房宫的那把大火主要是为他

的怒不可遏
开燥！为行乞的孙文他伏首在一张空旷的桌前无言地乞讨银元和金币叮当坠落
开燥！为海明威的脚指头灵活地扣动扳机
开燥！为第一个把国旗披在身上的少女她美丽的曲线让坚硬的国家变得性感
开燥！为我将手淫当作一种生命仪式并开始知道对身体感恩的那一天
开燥！为我长了一张狗脸说翻就翻为你狗嘴里吐不出象牙为我们伟大的汉语
开燥！为年少时写下的幼稚诗句“黄河，母亲的经血”
开燥！为女同胞的乳房那状若祖坟的形状
开燥！为清晨拉开窗帘时正趴在你屁股上的太阳我的姑娘
开燥！为天下施虐狂和受虐狂终成眷属的美好愿望
开燥！为我送检尿样中的浓球不论怎样那是我的浓球
开燥！为那花好月圆之夜因一次长吻而窒息的姑娘
开燥！为尼姑头上的一抹青光令长发飘飘的我不好意思了
开燥！为一杯中产阶级的鸡尾酒你为之取名“一

点红”
开燥！为对哀乐异常敏感的中国百姓
开燥！为打虎的武松却不敢打死一头大熊猫的现实
开燥！为跟踪巨人进了公厕一定要见识一下他鸡巴大小的那个小孩
开燥！为我儿时的保姆民国时的妓女曾经引以为耻的我现在引以为荣
开燥！为伦敦蜡像馆中尖下颌的列宁被点烟者的火苗照亮
开燥！为我至今未去的敦煌永不到达的敦煌
开燥！为十六岁的夜晚一个挥之不去的强奸意念
开燥！为藏族女孩央金玛一年一度的沐浴也洗不掉的干净
开燥！为安装在我家某个角落的窃听器至今我也不知它装在哪里
开燥！为针头深深扎入我臀部时飞上护士长两颊的红霞
开燥！为你隶属这样的国家一到战时便四处洋溢着形迹可疑的人
开燥！为下等妓女的脏奶哺育出的平民艺术家
开燥！为传教士飞走的机场上知识的尘土飞扬
开燥！为身着长衫戴圆眼镜的青年像一个完全写

错的汉字

开燥！为人类肩上的瘤子够份长草空洞装满屎还顶着一个可笑的帽子

开燥！为我从未亲历过的北方大地上那被情欲点燃的麦秸垛

开燥！为中药铺老板的胸中轰隆着一腔浓痰也不忘记呼吸手上的水烟而突然闯入的我是一个吃错药的人

开燥！为无数球儿朝我滚来我迎球而上的少年时代夕光中教练画在墙上的假门

开燥！为一个母亲说好宝宝吃饱了不闹我却一下子想到了人民

开燥！为我绕了好多路才找到的那座监狱其实就在我家的隔壁

开燥！为地铁深处的居民将大地上的我们视为飞禽走兽

开燥！为屈原跃向汨罗江的姿势跟优美没有多大关系

开燥！为我曾经有过的解放人妖的理想

开燥！为从小表妹的眼里飞向天际的白色乌鸦

开燥！为一个孤儿的胸中那没有方向的仇恨

开燥！为我面红耳赤地跟每一个傻B争论过的真理

开燥！为雨水变成了泪水飞回到每一双流泪的眼里
开燥！为夏夜里我玩命扑打的壁虎将我打断的尾巴自行接上了
开燥！为医院的走廊上那个领着儿子来做包皮手术的普通母亲
开燥！为饭馆里吹自己杀了人的家伙被临桌报案的生活喜剧
开燥！为城市的街头那画了一半的广告一直没有画完
开燥！为 1971 年的夏天我在防空洞中偷西瓜时撞着的一对男女
开燥！为手术进行中麻药阴毒地失效让我发出了真正的嚎叫
开燥！为你拉着一位三轮车夫满城狂蹬的夏日风景
开燥！为蹲在太白山巅一边拉屎一边和杜甫对弈的李白
开燥！为我没有完成的小说《唱歌的，伤害我吧，我早就准备好了》
开燥！为我隔壁夜夜叫床的女人白天里有着组织部长的严肃
开燥！为昏黄的街灯下站在一个台球桌边的脏孩光着身子猫着腰抹把鼻涕一杆入洞
开燥！为你说过的我已经没救了

开燥！为她解开真丝围巾时我的重大发现被成全
　了她有喉结在动
开燥！为一个婴孩对老虎的向往他啊呜一声朝前
　快速爬去

2001

天花乱坠

1

在我每天过往的路上
街角有座教堂
我从未进出过的教堂
所以无法说出它的模样
只是街角有座教堂——
这个顽强的意念
那么强大的力量
把我变成了一个
骑单车的教徒
在路上的教徒

2

城市的夜晚
在一座酒吧的玻璃墙下
我看到过一个男人
在给自己打电话
在酒后他只记得
自己的号码

他跟自己说了很多话
实话说吧——
那男的是我
那件事是前年夏天
发生在成都的事
那座酒吧叫白夜酒吧

3

春天的杭州
暖风拂面　我听人说
这里是国家的后花园
我还听到
来自朋友的热烈忠告
带着令人舒服的粗暴
“滚回去吧
带着你的诗
滚回粗野的北方
在干渴的废都中愤怒到死！”

4

华灯初上的时候
孤独地坐在马路牙子上

分明有种感觉
和十年前已大不一样
迎面走来的姑娘
她越纯洁越善良
我就越没勇气
上前搭腔

5

我想赞美爱情
当一个小伙骑着摩托
带着一个女孩穿过城市
那是一个英俊的小伙
骑着本田摩托
带着一个漂亮的女孩
穿过夏日的黄昏
夕阳西下的城市
她紧搂他的腰
微闭双目万分陶醉的样子
让我只想赞美爱情
可她在目的地
一五一十给他点钱的情景
却使我转而歌唱这座城市

6

这就是我的田园诗吗
驱车行于乡野
反反复复
那村头什么都没有
那桥边什么都没有
我咧着嘴淌着口水
反反复复
梦见与某村姑的诸多细节

7

在陕北大地游历
像一名遥远年代的鼓书艺人
在它苍茫深处的白云观
算命的瞎子
从他俩掌纹的线路看出
这对如胶似漆的男女
没有肉体与肉体的
真实联系
太不合当代逻辑
我掉头而去
对苍凉爱情缄默不语

8

我曾回到过自己的母校
用去了十年的
一寸光阴一寸金
在回母校之路的尽头
站着一位身材魁梧的盲诗人
他站在高高的讲台上将我痛斥
“你这个可耻的毒贩子！”

9

也是在这一天
我在登台朗诵的嚎叫中
听到什么东西破裂了
像在滴血——
但肯定不是心灵
我听到一声声惊呼和惨叫
那些漂亮或不漂亮的女生
成了无辜的最后的处女

10

妈妈
心惊胆战的老妈妈

我的脑袋会像贪恋
高处的气球般粉碎吗

11

我曾目睹春天的大限
那是母亲到了她的时间
她撒手而去的样子
显得那么决绝　视死如归
我从她不再起伏的心电图上
抬起双眼　望向窗外
古城楼上晴空蔚蓝
风筝像蜻蜓的灵魂
在大气中浮沉

12

保险套是红的
鲜红的雨衣
让我在相关行为
和具体场景中
壮怀激烈
顿生刺客的感觉

13

一只鼓
能从它的内部
把自己敲响么
奶奶的
这是夏天里
最后的一个月
我因支气管的炎症
狂咳不止

14

我曾当面聆听过
一位来自法国的时装大师
用他的薄嘴唇谈论着
中国妇女的传统旗袍
上身严谨得一丝不苟
一丝不露——下身呢
那么大的开叉
那么开放的大腿毕露
他那夸张的怪怪的表情
让我心虚　像是自己
出了什么问题

15

在抽屉里
翻出一张旧借条
那是多年以前
一个朋友留下的
他借走了什么
也没有写明
他还了没有
已不记得了
只是此刻那旧借条
发出一道光　照亮我
使我整个晚上非常愉快
在这冬天的夜里
一张旧借条
使我忘记了我的火炉
早已熄灭

16

有一年
我来到草原问蒙古
蓝蓝的天上白云飘
白云下面马儿跑
——骑手呢？

蓝蓝的天上白云飘
白云下面鹰在笑
——骑手呢?
蓝蓝的天上白云飘
白云下面火在烧
——歌手呢?
蓝蓝的天上白云飘
白云下面我在跑
——成吉思汗呢?

17

这不是一场真正的拳击
在你我之间没有裁判
中间隔着那唯一的女人
仅仅是你躲闪术高明一点
我才无法把你击中
其实我心里知道
一旦你被击倒
那女人的手
就会伸向你
把你扶起

18

一棵树　一棵大树
好端端地立在那里
很多年了
比我爷爷还老呵
我却从未感觉到
它的存在
当它被伐掉
我才看见更圆的天

19

我终于抓住了自己的尾巴
我手上一只饱蘸绿漆的刷子
以及尾椎骨末梢痒痒的感觉
让我确信
我抓住的是
自己的尾巴

20

你说妓女挣的是血汗钱
那钱里面有汗

但血的成分更多

那我们呢？诗人呢？

你说与妓女相比

你宁愿认为

我们挣的钱里

只有汗没有血

21

美丽的女人微闭双眼

那种无比陶醉的样子

甭管是以怎样的因素呈现

都会让你——

一个厌世者觉得

万恶的世界

也有其美好的一面

22

崇尚进攻的人

如你者天生好动

在一场惨痛的失败之后

你以为是败给了

一位太极高手

不！大错特错了
比太极更高的高手
压根儿不出手

23

你已走遍了祖国的大好河山
唯独留下了西藏
留下一座古老的高原
和无数的雪山
你是这么想呵
一个容易厌倦一切
解决自己的诗人
千万千万要给自己　留有余地

24

电视里的南京大屠杀
正演至一个日本兵
用刺刀将中国的婴儿
挑向天空的镜头时
你伸出手去
将儿子四岁的视线挡住了
就这么挡着

你打算到他十岁的时候
再把手松开
那时的他则必须看

25

在行进的公共汽车上
有人拍拍你的肩
那是你不认识的某人
热情地把你问候
你一面回答
却又想不起来他是谁
没有任何蛛丝马迹
可以证明你认识他
那人在中途下车
下车前他又拍了拍你
问你是不是病了

26

儿时的你
挥向父亲的一拳
朝人生的另一面打过去
你的小拳头

在空中划了一道
优美的弧线
那一天我看见
你家的屋檐上
飞起了几片瓦

27

你赤身裸体地坐在床上
在浴后
像个落汤的猴子似的
在自己身上找
当你低下头去
在自个儿黑乎乎的某处
发现一根刺目的银丝时
你的心呵有撕扯感
那真是一种致命的老

28

初秋的一个晚上
你在你的第一堂课上点名
那是一名职业教师的例行公事
前九个名字依次点过

但却无人起立应答

第十个……

第十个名字

牵起了十个人

异口同声

真是叫你绝望

29

辞职的那天

你在自己的辞职书上

写下了一则寓言

在奴隶制被废除的当天

一个奴隶

在脚上的镣铐被除去后

浑身发抖　抖若筛糠

蹲在地上哇哇大哭

而另一个奴隶

一眨眼的工夫

已经消失在丛林那边

30

算你倒霉

某人在疯狂的边缘
自我搏斗时
捎带着弄疯了
想帮帮他的你

31
把情人节当成愚人节
的景象是怎样的？请想象
把愚人节当成情人节的景象
又是怎样的？请继续想象
然后请你们把这两种景象
连在一块想——想想后果
真是够呛！
一年中你就搞错了两次
够了！一辈子也就这么两次

32
一个侏儒
背着另一个侏儒
正横穿马路
紧急刹车的是你的诗
悲悯发生了

你惯常的诗路无法通行
人说你因之
有了点儿大师的意思
你说不许放屁
不许污染已经够呛的空气
不就是当所有的车辆
都一齐刹车时
你的诗也跟着
刹了车么

33

有关死亡的话题
是午睡起来的下午
摆放在你客厅茶几上的甜点

34

他在雨天奔跑
摔了个嘴啃泥
他在某人的一首诗中
奔跑　摔倒
啃了满嘴词

35

停电是突然发生的

疯狂也一样

他被迫在电梯里

跟自己待了十二小时

出来之后

就变成现在这副样子

36

谢顶的男人伏案

他把刚刚掉落的

一根根头发

搁在放大镜下看

岁月（他如此感叹）

如硕鼠从房梁上走过时

留下的一截截粪便

谢顶的男人起身

走到老婆的梳妆镜前

在生发灵和头油之间

陷入一场空前的犹豫

他索性抓起梳子

没命地梳啊——

那头顶上没有的

37

夏天的正午

他和老婆正在睡觉

没干其他事　单纯睡觉

睡中国人常睡之午觉

老婆有睡前翻书之习惯

而他没有　躺下便着

闭了眼他也清楚

她翻的是哪本书

如果你在这时闯入

会看到她手捧一本

台湾人写的书　名曰《杀夫》

她读得十分专注

而大腹便便的他

正睡得像头死猪

38

在从陕北返回西安的路上

坐在身旁的姑娘对他讲

此次旅行叫人失望

陕北并未如她想象的荒凉

事实上他正在图谋

这来自江南水乡的姑娘
罪恶的手在她裙下彷徨
但此刻
他宁肯放弃他的欲望
与这种货色媾和
他无法取得自己的原谅

39
他在山坡上的
一片野花中感叹
他的语言以其角度的真实
引起了我的注意
他说："这花真像女人！"

40
撒鸭子跑呵！这是越野赛
那天下午他跟着一名
小女生的屁股后面跑能跑快吗
跑下去　跑下去
他希望这越野赛永不结束
那该有多幸福
后来　那是后来

他很不情愿地离开了队伍
一路狂奔　路边的公厕
成了终点　是肚子出了故障
都怪他娘　在赛前
为了给他增加营养
她给他炖了一锅羊杂碎汤

41

蝉声一场暴雨般
笼罩着那个夏天
童年的夏天
他从午睡的床板上
一跃而起
朝着门外走去
母亲问：你这是上哪去
他迷迷糊糊地回答
找队伍去

42

大风起兮云飞扬
不知是多大的风

那一天　是早晨
他伏在火车硬座车厢的
茶几上一觉醒来
自窗缝里来的一夜风吹
吹歪了他的嘴
大风起兮云飞扬
他只能歪着嘴歌唱

43
阴沟里冒出的白烟
给身处的环境
增添了一道景观
经过的人要绕道前行
他们狗一样灵敏的鼻子
似乎嗅着了不堪的气息
没有异味
他在这白烟中穿过
有意停留片刻
白烟升起
是这冬天的大地
冒出的热气
到了夜里
无家可归者将在此聚集

44

他在扯淡

这老几在用文字装蒜

大谈写作

以及如何写的问题

正像一个寡妇

在谈守寡

以及如何守的问题

就是这些问题

越谈越多越谈越乱

45

地理老师正在讲解冰雹

一种有趣的自然现象

迟到的同学喊："报告！"

他满头的包

"老师，外面在下冰雹

鸡蛋般大小"

老师说："坐下吧

我还没有提问

可你回答得挺好"

46

力拔山兮气盖世

时不利兮骓不逝

那年夏天

马拉多纳栽于一泡尿

由此

他领悟了英雄的命运

他们是活人

会被尿憋死

小脸通红

嘴唇发紫

骓不逝兮可奈何

虞兮虞兮奈若何

47

童年在上海　黄昏

太阳落到楼那边

在枫林桥拐弯的路段

他目睹了一辆无轨电车

拖着巨大的辫子　歪歪斜斜

辫梢在电线上放出丛丛火花

辉煌夺目　那微观的壮丽

是他心中的焰火之夜

与二十年后他所遭遇的
一次致命电击相关
从此他身负电流

48

曾几何时
他在夜半更深时
听到的那声鸡叫
雄鸡在漫漫长夜
提前歌唱
像一把手术刀
切开了他的眼球
曾几何时
那个双目喋血
朝东打坐的盲者
双手摸到黎明的曙光
稀薄而冰凉

49

那一年无法忘记
最重大的事件是在电视里
一个守门员冲出了禁区

他想带球盘过前锋没过去

50

1888 年的一天

阳光挺好　凡 · 高

就是那个疯子

曾被他踹过一脚

51

演讲者的嘴大张着

确实也像个什么

麦克风看见了

耐不住寂寞的麦克风

一跃而起

一把抓住了

演讲者的脖子

他想喊点儿什么

52

众神的黄昏　众神

坐在公园的旋转木马上

快乐得像一群儿童

不似某些人的梦

当暮色降临

最后一名工人下班离去

用按纽切断电源

众神跌落马下

东倒西歪

再也爬不起来

恰似某些人的病

53

夜晚在酒吧

饮这般淡的酒

舞池里这般年轻的小妞

不知道这老头

只有你们祖母屁股上的签名

还记得自个儿

是出自这老头之手

只有一辆喝足了酒精的汽车

在夜晚的街头认准了这老乐手

54

夜色中的城市大街

风平浪静
似乎什么也不会发生
警察们无所事事 呵欠连天
这时人丛中有一名男子
行色匆匆　步履慌乱
引起了他们的注意
此人极其可疑
可怜的人儿　他憋尿了
偌大的城市
公共厕所呵你在哪里
他就要尿裤了

55

一个人死了
那是在平安夜的一个大 party 上
他死了　但无人发现
因为他是坐在沙发上咽气的
大家以为他只是醉了　累了　睡了

56

雕塑家把其新作品
塑在自家门口

是一尊与之酷肖的男人
端直地站着　举着手
在敲他的门

57
执著的孩子
他的奶奶死了
他坚持认定
他的奶奶
是被大灰狼咬死的

58
桌子用木头的声音说“桌子！”
杯子用玻璃的声音说“杯子！”
这些声音就在耳边　听不见
他只听见：人用皮肉的声音说“人！”
耳朵也未听见耳朵
用更加皮糙肉厚的声音说“耳朵！”

59
对于这间寓所的主人来说
这个夜晚十分安全
谋杀　在电视里　故事里的谋杀

电　在电线中　绝缘的电
对于这间寓所的主人来说
危险来自自身　硕大的脑袋
一个念头　不可遏制
当目光扫过电门
激情就将颠覆这个夜晚
没有理由　疯狂地扑上去
躯壳　在电火花中战栗
一生何求

2001

灵魂出窍

三日长于一生

1

长久以来
我一直以为
自己的后脑勺上
长了两块反骨
一块长于正后方
一块长于右枕后
加之人的表现
也确实反叛如斯
便确信了这个看法

既然天生反骨
我也就没有拿它当回事儿
甚至还有点沾沾自喜
引以为傲——

别人生反骨最多长一块
我一长就长一对儿
可是近一年来
我发现位于右侧的那个
有点大啦
仔细摸来方才发现
并不是一块骨头
而是一个淋巴结似的包块

我拿不准
是我减肥成功瘦了以后
它显得大了呢
还是真的在长
便跑到唐都医院
去找我的老同学——
杨增悦大夫给瞧一瞧
他瞧后说："有点大
超出了正常
最好切出来
做个活检
看看究竟是啥
也好放心不是？"

但又说："我怀疑
只是个炎症
为这挨一刀
有点划不来
你自个儿拿主意吧"

我当机立断
马上流露出
对自己一以贯之的狠
说："做！"

2

手术
在翌日下午进行

我听见杨大夫
对着护士高声大叫：
"丫头！给我准备一个
割包皮的卫生包
和一把锋利的刀"

那时
我已经被带进手术室
杨大夫命我趴在手术台上
我却犹豫了一下——
我怎么看那手术台
忒像一张按摩床啊
那就当作是一次
脑部的按摩吧

“打麻药有点疼”
杨说，“你忍忍”
头皮上三针
小菜一碟尔
让我吓了一跳的是
麻药刚刚打完
老杨就动手了
(也不招呼一声)
横着来了一刀——好在
我已感觉不到
我趴在那里不敢动弹
翻眼看了一下
盖于我头部的一块白布

血正喷溅在上头
像在下一场红雨

在此后的一个小时中
杨大夫一直在那个伤口里
扒着什么
找着什么
掏着什么
最后一剪刀
我已感觉到疼
最后缝的三针
一针比一针痛
但这都是可以忍受的
跟钻牙相比不算什么
我一声不吭
硬充好汉
当一切结束以后
我已是满头大汗
全身瘫软
险些爬不起来

老同学啊老同学

在过去的一个小时中
我回想起我们的过去
在你家所在的四医大的
操场上踢球的日子
和代表学校到市里打比赛的经历
当年我们那么好
难道就是为了叫你今天
名正言顺地
在我的后脑勺上开一刀
人生中有多少想不到

3

“比摸起来大
也比想象中长得深”
杨大夫在其办公室里
对着一个灌满营养液的
小瓶中漂浮着的一块
新鲜的人肉说话
然后朝我招招手
“过来瞧瞧你的肉”

刚从手术台上下来的我
自沙发上奋力站起
踉跄着走了过去
木然地看了一眼
自己的肉
不忍多看
只是故作内行地问道：
“做活检还是送冰冻？”

“活检——
既然已经切下来
那就彻底查一下
我这就填送检单”
杨大夫回答说
然后伏案奋笔疾书

“几天才能出结果？”
“五天”

4

生命中最漫长的五天开始了

这是等待判决的日子

五天等于一百二十小时
等于七千二百分钟
等于四十三万二千秒
每一秒都会冒出来
一种想法
一个念头
于是乎
成千上万的念想
攻占了我的脑袋
使之成为一颗随时要爆的地雷

念想虽然繁浩
无外乎也就两种
良性与恶性
良性为瘤
恶性为癌
良性通生
恶性通死

好结果用不着多想

好好活着谁不会呀
根据以往经验
好事想多了
偏偏就不来
所以
更多的时候
我只能把结果
朝坏里去想
想到癌
想到死

这是等待判决的日子
生命中最漫长的五天开始了

5

家族病史与遗传基因
叫我发虚了
整整廿年的危险烟龄
叫我发虚了
居住城市糟糕的空气状况

叫我发虚了
贪多求全挑战极限的玩命写作
叫我发虚了
古今中外天才习惯性夭折的宿命
叫我发虚了

谁敢于拍打着自个儿的身体——
那尚未被我们认清的事物说：
“我有十分的把握——
它不会毒癌横生？”

这完全是一场赌博
一杆黑森森的枪管
硬邦邦地顶住了
你柔软而敏感的腰眼
命令你必须揭牌
纸牌两面
生或者死

这是一场你实在输不起的生命的豪赌

6

此前未曾发现
现在昭然若揭——
我怎么那么怕死呀
除了怕还是怕

“胆小鬼！怕死鬼！”
我在心里骂自己
但是骂也白骂
一点作用都不起
还是怕还是怕
这回可不是开玩笑
我真的好怕怕哟

现在我总算理解了艾伦·金斯堡
我那因患肝癌在七十一岁上离去的大师
在被医生宣判死刑后的
最后一周里
每日哭泣
暗自垂泪
也是因为怕呀

我还想起
被乖戾的自己和荒唐的年代联手
折腾成鬼直至八十岁去世时
才还原成人的丁玲老太说：
“原来死是这么痛苦的呀！”
也是因为怕呀

这还都是历尽沧桑
饱受磨难
照理说应当活够了
活腻味了的
七老八十的主儿
竟然都怕成这样
何况是刚逾不惑
正当壮年
正活得来劲的我

我怎么这么怕死呀
人怎么这么怕死呀
让我试着为你描述出那种要命的怕吧——

甚至感觉不到我有多爱这人生

我只怕美好的世界会突然消失

7

我是没出息的小男人一个
当前方的死亡
那隐约闪烁的寒光
晃着我的眼
对于美好如斯的世界
我最为不舍的
还是自己的妻儿
绝无更多
甚至父亲
我只在一瞬间里
想起过他老人家
十年前品尝了丧偶之痛
是否又要经历这
白发人送黑发人的悲剧呢
叫我这当儿子的怪不落忍的
可是，谁叫他不好生爱我呢
不懂得用爱的方式来表达爱

是上几代中国人的悲剧
在此一瞬间里
我竟有种报复的快感

在一个阳光刺眼的上午
我在二环路上横穿马路时
忽然理解了某种
堪称伟大的男人
他不是具体的谁
也不是一个人——
买一份人寿保险
便奋勇地投身于
滚滚向前的车轮之下
我还不敢这么干
但是已经理解了
并且有着如此的冲动
当心中揣着妻儿……

8

但是——这还不是最痛苦的

当我一想到自己大业未成身欲先死
便痛不欲死
便痛得想活

难道这就是天妒英才这回事吗
长久以来
人妒我才
奈何不得
天妒我才
奈何奈何
天生我才
有权妒之
想收我命
那就收吧
老天爷
我不会怪你不公

不怨天来不怨地
但是一想到
我之死讯传开之日
便是多少人儿奔走相告
弹冠相庆举杯痛饮之时

其中有我的敌人
但也不尽是我的敌人
还会有我的朋友
甚至于我的兄弟
暗中一阵窃喜
我就咽不下这口气啊
也就是到了这会儿
我才真正消化了鲁迅遗言：
“一个都不宽恕”

9

那么，我就只有
此前写下的这些
用以交付落花流水
残酷无情的时间
那么，我还行吗
顶得住吗
百年以后我是谁
千年以后还在吗

那是一个上午
我在给学生上课的课间
在教学楼阴暗的楼道里
迎面遭遇到这个问题
这是我们必须面对的永恒命题
其结果比我想象的要好——

我的嘴角
挂上了一丝颇为得意的狞笑
我的心啊
忽然不怕了
变成一颗视死如归的勇敢的心

10

在等待判决的日子里
我仍在写作
不得不写
因为发现
只有在写作中安身
我的心才会得到片刻的安宁

难熬的时间
才肯以其本来的速度
流逝

但是
我却只写了小说
是诗的灵感
被潜在的死亡
吓退了吗?
是诗的写作
只能在安逸舒适
明月清风
从容淡定中进行吗?
诗之于我
也是锦上添的花吗?
NO！ NO！ NO！

事实上灵感汹涌澎湃
不断朝我袭来
但我却是这样一个
深谙此道洞悉真相的
行家里手

江湖高手
我深知诗之魔力
我怕诗的预言谶语性
会将生命本来的气场搅乱
从而替代了命运之神
来左右最后的结果
说得简单一点——
我不想把自个儿写死

在等待判决的日子里
我仍在写作
并因此而找到了自己
安度余生的最佳方式
短长均是如此

11

在某些时刻
我蔑视死亡
大无畏
摇身一变

成一纯种的爷们儿
那是虚无主义
裸奔而来
蹿入我的大脑
并且占据了上风
去你妈的
爱死死吧
死了干净
二十年后又是一条好汉

这时候
我发现死亡
真没什么可怕
不就是眼一闭腿一蹬的事嘛
不就是最黑的黑最无的无嘛
我发现——
比死亡更可怕的是等死
比等死更可怕的
是等待生死判决
还有生还的一丝希望
可怕的是对希望
还抱有希望

是你他妈的想活

虚无
是最有力量的
足以对抗死亡
但谁又能做一个彻头彻尾
每时每刻的虚无主义者呢

12

这几天里
我和妻子
有个默契
都自觉地
回避着
谈起此事
但却时常
想在一起——

她想：即使
最坏的结果

摆在面前
也不要气馁
因为他是一个
能够创造奇迹的家伙
那时的我已经打算
要做一名抗癌英雄
我给自己定下的最低目标是
活到儿子成人的 18 岁
活到自己退休的 60 岁
成了我的长远目标

她想：儿子
这个猪宝宝
阳光灿烂
福气满满
哪里像个将要丧父的孩子呀
那时的我
正从儿子卦书般经典的面相中
找到了自己活下去的最大依据

13

下个月里

我将飞赴郁金香盛开的
美丽国度荷兰
应邀出席久负盛名的
鹿特丹诗歌节
但是现在
此等好事
所有好事
都已蒙上浓重的阴影——

一天晚上
我坐在电脑前上网
逐个点阅本届与会者的英文简介
当看到年事最高白发苍苍的
一位法国老诗人时
我像是自言自语地
对躺在床上的妻说：
“这个老家伙八十四岁了
一准儿是个大师
这么老还健在
不是大师也是了
熬都熬成了……”

那时啊我的心
痉挛般痛了起来
我在心里问自己：
“难道我真的没有晚年了吗?
想熬成个鸟大师也不可能了吗？”

14

又见老同学
当年将我领进诗途的
姜雁飞忽然驾到
这天恰逢他的生日
又遇一件好事
正在办理调动
就要调到炙手可热的
地铁公司去工作了
多年来的不顺
终于换来这大好的归宿
没啥说的
立刻请饭
与之畅饮

席间
我简直像个啰里吧嗦的老太婆
反复叮咛嘱咐他
最后关头
万万不可大意
直到最后搞定
我还给他出了一个
朝办事人砸钱的主意
说的都是些打死我
也不会去办的办法
我真的替他担心
怕出什么岔子
我太希望他办成了
太希望他过得好……

人之将死，其行也善?

正是过生日的姜雁飞
提醒我
我的生日也快到了
掐指一算
是在判决日后第三天

哦！生日，生日……

我已经不敢想象

我的四十一岁生日

会在何种情景

和怎样的心情中

度过

谁与我共度

15

我想找座庙去烧烧香

并且提醒自己

一定要照此办理

千万不要偷懒

但是日子过得太忙乱

未能找到合适的时间

我安慰自己说

好在春节烧过了

在东边的八仙庵

清明节前

还去首阳山的祖坟前

烧过纸

尽管如此
我仍放心不下
每天早起
都不忘记
来到母亲的遗像前
燃起一炷香
面对亲爱的妈妈
我啥都不说
啥也不求
想她不会见死不救
事实上
她已经救过我一次了
在五年前春天的那道坎

16

我本男人
确是男人
死神面前

也吓不瘪我的欲望
阳具照常勃起
甚至变本加厉
几欲实施性事
遭妻厉声斥责——
“别忘了你后脑勺的伤口
龇牙咧嘴的还没拆线呐
大夫说：一点汗都不能流……”

很奇怪
白天焦虑如热锅上蚂蚁的我
到了晚间却睡得香甜
无梦——最黑的睡眠
像死了一般

17

这些日子
我每每扪心自问——
我这半辈子
是不是作过什么孽呀?

难道说报应就在眼前?

每一次发问都没有答案

这是无法回答的问题
这是一个庸俗到
用结果来回答的问题
这是一个无趣到
用正反两面的结果
还无法回答的问题
譬如你刚说完“好人一生平安”
接着又在感叹“坏人活得长久”

我究竟是个好人还是坏人?
应该死去还是应该活着?
这是一个问题
悬而未决

作过的孽
那就报应吧
欠下的债
你必须偿还

出来混都知道还
活一遭还不懂得吗
如果余生太短来不及还
我就下辈子再还
我不想欠任何人

18

我仍在自检
最近几年
临近不惑
欲望有所收敛
虚荣有增无减
但我有心做好
难道说：
已经没有机会?

这是最痛苦的
我想在判决日到来前
将所有的准备都做好
将自己提升到一个至高的境界

但目的不是境界
我是这么想的：
只有做好了所有的准备
老天爷才会放我一马

有一点可以肯定
哪怕余下的生命
只有一天好过
我也不会选择自杀
因为自信
即使到了临终前最后的一分钟
我用最后一口只出不进的气
也会口吐莲花
吐出惊世骇俗的绝句
我得把自个儿留着
一直留到那个时刻

19

三天三夜过去
我已历尽沧桑

骤然老去
妻急我所急
去找直通病理科的关系
想叫判决日提前到来
争取就在今天宣判

今天，我有一天的课

早晨
在教学楼内等待上课时
我在消火栓的玻璃中
瞥见自己的脸
一张老脸
但印堂发亮
不是一般的亮
像有一道光
我心中不免涌起一丝窃喜：
“老子像是一个要死的人吗？”

中午
我走在去食堂吃饭的路上
健步如飞

通体舒畅
望着艳阳高照下的绿草坪
我心中不免涌起一丝窃喜：
“老子像是一个要死的人吗？”

你从未感受到的疾病
真的会带来可怕的后果吗
我的疑惑说明我正在恢复
对于身体的敏感
我开始对自己的身体
有所觉察
有所判断

午饭后
在教研室的沙发上小睡前
我还是没有忍住
拨打了妻的手机
妻的声音中透着明显的焦急
“我刚才问过了
结果还没有出来……”

我想：估计今天不会有结果了

它非得让你受够了折磨才行

20

一辆 600 路双层巴士
从南向北开来
穿越整座西安城
上完一天的课
已经筋疲力尽的我
坐在二层靠窗的座位上
正低头读诗
读的是一本刚收到的民间诗刊
上有诗人唐欣的大作
在这本伪诗劣作假人儿林立的刊物中
只有我的朋友值得一读
(这是一个愈发明显的现象)
我低头读诗
心随老唐的《回忆与小品》
走过千山万水穿越岁月沧桑
再度获得片刻的安宁
忘记了越逼越近的生死判决

只是模模糊糊地感觉到
车子被堵在出北门的车流中
动弹不得
正在这时——电话打来了!

一看是妻的来电
我便已喘不上气来
先是绵软无力地“喂”了一声
后才战战兢兢地问道:
“是不是——结果出来了?”
电话里出现了三秒钟
漫长的寂静
是妻沉默着
然后终于开腔——
她的声音低沉:“你先做好思想准备……”
我似乎已经听明白了
(这还不明白吗)
大脑一片空白
“情况不妙,是——恶性的——淋巴癌!”
我听得一清二楚
(一个字都不需要重复)
大脑一片空白

“不过，大夫说了
幸亏发现得早
属于早期——比早期还早
属于早早期、超早期……”
“什么叫超早期？”
大脑一片空白
我只是本能地反问道：
“超早期……就是
还有救嘛就是
暂时还死不了嘛”
我感觉妻的声音
越来越不够严肃
更缺一点应有的凝重和沉痛
甚至有点轻松愉快嬉皮笑脸
大脑一片空白
我还是本能地说着话：
“我感觉你……不对劲”
“不对劲?
当然不对劲了
你的感觉太好了
我是不对劲
乐得不对劲

算了！怕死鬼
看你怪可怜的
就不骗你玩了
结果刚刚出来
当然是良性的啦
连杨大夫判断的
淋巴结都不是
只是一个脂肪瘤……”

我不记得
这一番要命的通话
是如何结束的
只记得结束之后
车子开始摇晃
又在行进之中
我低下头来
继续读诗
将老唐的佳作读完
并在心中一声赞叹：
“写得真好！”
然后猛然将头抬起
望向车窗之外——

整整三天中我眼里的世界
几乎再没有风景的存在
2007 年 5 月 14 日下午 5 时许
我在重生的时刻所看到的第一道风景
是一家“北京布鞋”的店面

“要不要下车去买一双来穿？”
没有预想中一丝一毫的狂喜
我心如止水地问自己

2007

有朋到长安来

——致沈浩波

1

中午时我还见你
在网上发话
也没说要来
晚上七点半
你的电话打来了
问我："吃了没有？"

我还以为这是那句
典型的中国式问候
就说："我不吃晚饭
就算我吃
你也请不着我啊"

但是
你却在电话里说：
"我已经到西安了

现在在机场
等我先住下
再给你电话……”

2

有朋从远方来
不亦乐乎
有朋从天而降
不亦乐乎的平方

有钱真好啊
坐飞机真好啊
现代化真好啊
如果是假模假式地
想要后退到古代去的
鸟诗人们见个面
是不是还得骑着
一头瘦毛驴
跑上大半年
连虚情假意都跑成真

好在我们无此负担
见面见面
只有见面
快点见面

3

我在一瞬间里
将我们的接头地点
定在春发生葫芦头馆
是基于以下四点考虑——

一是它正好处在
我们的中间地带
同时赶去节省时间

二是我曾听你两次说起过
多年以前你来过本城一次
是看你在此读大学的弟弟
你最喜欢的本地美食
即是葫芦头

三是在所有的
葫芦头泡馍馆中
春发生是最好的
(大部分吃客都是这么认为的)

四是它“当春乃发生”
仿佛是杜甫开的店
最适于诗人相见

4

据说葫芦头这玩意
就是始创于唐朝的
这里还有一个掌故
容我慢慢道来——

当年
在它刚刚出现在
长安街头的时候
用新鲜的猪大肠熬制的汤
弥漫着一种香臭混杂的怪味

药圣孙思邈吃过某店
离开之时
老嘴一抹
长髯一捋
随手朝大汤锅里扔了一个
药袋子进去
从此满街飘香
满城勃兴葫芦头
历千年而不衰

哦，我只顾给你
介绍葫芦头了
忘了告诉你
我们正在喝的黄桂稠酒
也是兴于唐朝——没错
李白喝的正是此酒
李白斗酒诗百篇
并不说明他酒量大
今晚我们也喝了
差不多有一斗
愣是毫无醉意

这就是西安
到处都是掌故
遍地都是文化
令文人骚客想入非非
但是要当心走火入魔

5

你在交谈之中
供出了你此番前来的
一条暗线
一个事先预谋好的
秘密幽会
将被安排在本城
某五星级酒店中进行
此时此刻你的妞
已从南方某城飞来
正坐在另一个饭局上
和几位本城名士在一起
那伙人我全认识
都是现在疏于往来的故人

我为你下得飞机
没有重色轻友
冒然去奔这个局
而替你感到由衷的庆幸
初来乍到一个陌生之城
一定要对自己人道
这帮人可不会
请你吃葫芦头的
他们选择的吃食
定然像他们本身一样
乏味
跟他们吃饭——累死你
这是我多年积累的经验教训

6

饭后我领你到不远处的
德福巷——咖啡一条街走走
我还像名职业导游似的
向你介绍道：
“这里相当于北京的三里屯”

不过很快我的话
就不像导游语了
我指给你看那一家
名叫“老船长”的酒吧
是我在四年前领着
与咱俩这对保驾护航的亲密战友
公然在网上决裂已经仰天大笑入宫去的
爱做李白科的伪大师来过的
那时候我们还在那里
经过老板的允许
(怕发生海子式悲剧)
轮番朗诵他的诗
我自然是绝对的主力
幽幽烛火摇曳中
我见他泪光盈盈满面神圣
那时候他还不上纲上线地
反对并咒骂朗诵这种形式
也不觉得我这样的朋友难玩
(或许还与此相反)
时间过得真快呀
九头牛也拉不住
一颗入宫的心
何况友情乎

走到这条街的尽头时
你说你想喝茶
那最合适的该是第一家
名叫福宝阁的大茶楼了
我预言你的妞和那桌人
就在此地
这预言在当晚——数小时后
便在你那里得到证实
他们果然就在我们头顶
不是我料事如神
是我深谙他们热爱生活的方式（具体到地点）
就像他们明知我整天写呀写的（但佯装不知）

7

按照原初的心愿
和本能的习惯
我想为你召集一桌人
将我们的见面搞得热闹点

但是——

现在没有这一桌人

在俗人看起来

混得这叫惨呐

伊沙在西安摆桌饭

白吃都来不了一桌人

啊哈！连靠蹭饭过日子的都不来

凑不够一桌人

那就想起一个叫一个

真的来了

才发现挺多余

我们俩都没有

足够的耐心

去听别人废话

也不喜欢老被打岔

下回就不整这套俗科了

想想你在北京请饭时

和我面对的还不是

一样的尴尬

8

我记得从前
是有过一桌人的
最后一次记忆
是我三十六岁生日

直到有一天
我猛然发现
都是我请朋友吃饭
而我却吃不到朋友的饭
朋友不是不请饭
朋友在偷偷请着
他们那些与诗无关
但却能给利益的朋友吃饭
我的耐心终于到了崩溃的边缘

短短几日
你也不难发现
陕西人既小气又小农
他们一般在有求于人时
才会请人吃饭
心里还在盘算

这顿请得值不值
我不是斤斤计较的人
(几顿饭又算什么)
我现在告诉你的
是曾经有一桌诗人
后来散掉的另一个原因
看起来与写作状态无关
却也绝对不可忽略

这也是我在年轻时候
喜欢朝北京跑的一大因素
在北京难吃的饭局之上
那些永不缺少的好玩的烂人
也比死气沉沉的秦俑可爱呀
这里最不生长性情中人

也不该长真诗人

9

约来一位老朋友
带来了刚刚闭幕的

本省作代会的信息
也好——给我们的谈话
提供了一个鲜活的背景
和有力的佐证
那些诸如某某某下台前
给某少妇谋副主席的陈芝麻
某某某上台前
以字通官的烂谷子
我们听得麻木不仁
不以为怪
这点国情谁不懂
只是某些认识的人
把诗歌榨干取利者的表现
引起了我们的兴趣
因为没有当上谋了一年的副主席
便诈称有事甩手而去啦
因为没有当上谋了一年的副主席
变故作超脱当场土遁啦
有一点你还不是太清楚
我在本省的所有故交
都在这个鸟会上
实现了一次难得的团聚

胜利的会师
遍插茱萸少伊沙
这一刻我好得意
这个 B 可不是谁想装
就能装得了的呀
“浩波，吃虾吃虾！
这儿的香辣虾不错吧？
来晚了还得排长队”

10

在那家被你在诗中
形容为冷清的咖啡馆里
我们谈起你在那年的逃亡
个中细节
佐证了我对大势的判断
现在应该感到庆幸
你终于可以用
不含恐惧的语调
来描述自己当时
内心深处的恐惧了

但是讲起大劫过后
一年多的无诗状态
写不出来
写出来也过不了自己这关
你的声音却又饱含恐惧
我想这是一种真实的后怕
你在当年所创造的巨大财富
也无法弥补你所承受的
折磨和痛苦
如此敢于暴露自己
写作困境的人
多少年来
我也就遇到你
这么一个

11

再次见面时
我从你口中得知
我们前天晚上
在咖啡馆的一夜清谈
被电视台的美女主持

虚构成文学青年
分拨前往
趋之若鹜的盛会
并且向她还发了邀请
我们哈哈大笑
一笑置之
可是话说回来
如果你我见面
构不成本城文化圈
一条饭桌上的新闻
那不是白瞎了咱俩人儿了么
所以说有些事
非不能也是不为也
所以说有些人
非不玩也是不屑也
真要想当混子的话
咱们可比混子机会多

12

好像是今年春天在北京
你就说起过要到陕西来

完完整整爬一座山
你说你想爬太白山
考虑到时间有限
我向你推荐的是
我至今尚未爬上去过的
西岳华山
今天我有课要讲
晚上还要给儿子庆生
你就带着你的妞爬去吧

待到晚间联系时
你并未向我讲起
天下第一雄奇的华山
搁在常人都算奇怪
何况激情万丈的诗人

直到转天见面
你才说起华山行流产
是被接待你妞的那干人给拽住了
无聊的吃饭
恐怖的喝茶
你说你总算见到《废都》中的人物了

你说你现在才算是对我身处的恶劣环境
有了一个质感上的把握
对我为什么要如此决绝
有了一个深刻的理解
别遗憾，不遗憾
未登名山而领教乡绅
其实是更好的收获
是现在更加需要的

13

你拉得太过频繁
吃得却相当有限
到得西安
需要有只刚强的铁胃
平民美食
种类繁多
要想吃全
需在正餐之外加餐
吃在路上
边吃边玩

这就是为什么
在打车去南门的路上
我会让不大情愿的司机
在李二家门前停一停
本地特产的腊牛肉夹馍
我对它的介绍是
“西安回民版的三明治”
比三明治好吃百倍
比正宗的肉夹馍
也要好吃十倍
我们一人先啃上一个再说

就是这样的
西安最好的东西
都是离嘴很近的东西
离百姓的生活很近
与文人的趣味无关
所以长居此地
我一直过着相当惬意的世俗生活
可以完全抛弃这里
土不啦叽酸不溜秋臭气熏天
体制化加农民气的文人社会

隐匿在芸芸众生之中
与民同乐
把自个儿活生生吃成了个大胖子
与铁板一块的北京不同
这里的世俗生活异常强大
我怀疑：这才是真正的长安遗风

14

各有一只肉夹馍落肚
我俩从南门登城
在城墙上漫步
朝着东门而去
我说了一句很酸的话：
“现在走的这条路
会留在你心里的”
因为我并不经常上来
它却已经延伸在我心中

但这绝不是一条
走回古代的道路

更不通向那
神话般的盛唐
那样认为的人
实在是太过浅薄
你说的辫子军
不过是小资之一种
什么都要把玩成情调
若是真正的遗老
反倒是一些有气节的主
我们遇见的
不过是些装 B 的遗少

从古城墙上走过
我们看见了什么?

第一次
我们从城堞望出去
看见的是护城河里
死水一条
第二次
我们从城堞望出去
看见的是红旗飘飘的

省党报大楼
第三次
我们从城堞望出去
看见的是枯草丛生的
作协大院

当雄伟的东门
已经近在眼前
我们谈的是五四
痛感精神沦丧信仰泯灭
如今连独立的愿望都挥刀自宫掉了
五四——那是我们不得不回到的起点
和再不准退却的底线

15

东门城楼上的遍体鳞伤
是李自成农民军留下的
他所创建的大顺王朝
让本城过了最后一把
京都之瘾

在十三朝之外

我感觉今日之西安
更像是大顺之西京
我感觉今日之西安
更像是红都之延安
仔细分辨
各占一半
说它是废都的人
恰恰是农民
永远的农民

八百万市民中
只有一个人
是一个超现实主义者
把它当作盛唐之长安
关起门来写疯
妄图以诗为证
于是乎
他像晨钟暮鼓敲击着的大雁塔般孤独

16

站在东门下
我对你说
“我在东边长大
在南边工作北边安家
明年我就要搬到西边去了”
似乎要把每个方位都住遍
说明我与该城命定有缘

我真正想说的是：
我要把自己藏起来
小心翼翼地藏好
在城市的一个角落
与诗同在死扛到底
也将和污泥浊水鱼虾王八死磕到底

必须承认
跟他们相比
我们是弱的
在他们的背后
矗立着一个国家

17

有种种迹象表明
已经又到战时了
一个可疑的人经过一番
激烈的思想斗争
勉强出现在我们面前
我感觉他一直在晃
晃来晃去晃来晃去
直到把自个儿晃得没了人形
终成了一抹虚影
这个好人做得真是艰难啊
对所有关于诗歌的真相
都不忘加以特别的骚扰
“浩波，诗咱就不说了
生意做得咋样？”

18

在金碧辉煌的五星酒店
喝巴西咖啡

抽中华香烟
和一个叫沈浩波的诗人
谈诗论道
不亦快哉
是人生的一大快事
从六点到十二点
我们谈了整整六个小时
如果换上一个假冒的
必被谈死
当场毙命
呜呼哀哉
六小时中
你如厕数次
我一次没有
不知谁的肾算好
中西医说法不同
六小时中
咖啡香烟论英雄
数天下英雄
唯浩波与沙耳
诗人是有好坏之分的
你我站在好的一边

诗人是有真假之分的
你我站在真的一边
诗人是有大小之分的
你我站在大的一边
诗人是有宽窄之分的
你我站在宽的一边
诗人是有软硬之分的
你我站在硬的一边
诗人是有朝野之分的
你我站在野的一边
诗人是有先后之分的
你我站在先的一边
天生如此又不被
妖言搞乱的人
现在坐在一起
一览众山小
六小时中
中国诗歌先头部队
今后十年
直达新诗百年的
走向和大势已定
我说“西安事变”

不过是句戏言
你我要是张杨
谁还配做老蒋
被咱们捉上一捉
再放上一放呢
不管怎样
抗战的日子到来了
倭寇并未入侵
汉奸却已遍地
愚众也是死敌

19

夜夜迷乱
日日狂欢
你的旅行直抵高潮
也行将结束
从葫芦头开始
到葫芦头结束
我家旁边新开的小店
比春发生一点不差吧

你爱吃大肠
咱就要双份肠一个馍
隔壁的羊肉泡馍
也比老孙家不差
对门的水盆羊肉
更是食客们公推的状元
这些你还来不及
一一享用
那就留待今后吧
好在我深知
这个城市的好东西
它们都藏在哪里
啥时候得空想吃想聊诗了
你就打飞的过来
我们一起去华山之巅论剑

2007

网语真言

发帖成诗，出口成章。

棉线头穿针而过。

她有着在显微镜前与一头死苍蝇夺眶而出之复眼对视良久的恶心与振颤，受了孕。

纽约港外的那片海域——自由女神蓝色的潮汐。

古籍里的字迹消遁，书房上空苍蝇盘旋。

书生脸上五官飞了，麻将桌边掉落白板。

他酷爱异性的腋窝，并因此而追问道：“地球的腋窝在哪儿？”

提拉桥乃欲望之象——有人揪起了自个儿的头发，悬在半空中。

一个孩子说："这个冬天再不下雪，我就不给老天爷上学！"

啊，我那把朝鲜当作人间天堂的童年时光真是幸福得一塌糊涂！

新中国的傻孩子，总以为有个黑白影像的旧社会。

他把自个儿的脑袋卸下来当球踢，在脚上颠了十下；又装回到脖子上，走了。

他所谋乃大，但要的不多：鲁迅——文学奖！李白——诗歌奖！

今日多云，云像通缉令上罪犯的脸。

剩在杯中的茶叶干了，状如未曾冲泡过的新茶。

那条小丑狗含情脉脉望着我的表情就像眺望见自己遥远的前世。

狙击手是这样疯掉的——他在瞄准镜中看见了自己！

母亲撒手而去，风筝飘在风里。

他咯咯咬嚼着大连湾的螃蟹腿宣告：“鲁迅没人性，周作人有人性！”

年轻人，你当然可以写得比我更棒，但需要把小命搭上。

陪绑看过枪毙的人，有了阅历上的优越感，脸上也多了一抹唬人的沧桑，死时照样拉了一裤裆。

原爆后辐射成的畸形儿，抱着原子弹的大腿喊“爷爷”，姓原的六亲不认，又炸了一回。

穷乡僻壤出神汉，多出自乡村教师。

江湖磨刀，劫生辰纲——他像英雄和智者一样走在小丑的思路上。

深陷在成都茶馆的老藤椅中，面色惨白如纸巾的瘦诗人在说我：“跟我们不一路——他忧国忧民！”——玻璃映照出城春草木深的杜甫草堂。

有种你对自家孩子说："学周佛海，别学杨靖宇！"——他（她）会骤然停止发育你信吗？

书脊＝书生的脊梁＝中国的脊梁？

在旧金山吃饱了撑的午后，我的初恋情人想起了我——麻雀般的小脑袋瓜里出现的影像是一股昂着头怎么也不肯往低处流的水……

是爱——让我高贵！

这块土地的质地最适合埋葬冤魂，让他们死后也张不开嘴发不出声——再死上一回！

我指给你看一座建于隋朝的佛塔，说那是"大雁塔他爸"，它甚至没有身后那家台湾温记豆浆店更有人缘。

在这土黄色的中国，爱吃海鲜的人也会充满优越感，直到发现它容易导致痛风病。

你说句人话能噎死吗？

不喝酒，酒壮怂人胆，怂人才靠酒盖脸。

时间之手，把现实做旧，泛出历史那人屎的颜色。

人渣，你也配提圣洁的“妓女”？！

幸存者的哲学：好死不如赖活。

他是一名基督徒：除了信仰什么都有。

休要在得道之人面前讲“术”。

语言是大路，诗歌是歧途。

语言是直肠子，诗歌是花花肠子。

儿子，你是你爹游得最快的精子追上了你娘游得最慢的卵子……

我不能忍受人字拖——脚趾缝里长塑料！

古城西安在修建地铁，最糟的诗人会想道：它通向唐朝。

打小我就听出了方言所携带的蒙昧、市侩、土鳖和草根，我拒说方言。

什么“大师”？不过土司！

遗老遗少们，哭着不存在的祖坟，当然不是真哭。

A 一辈子的奋斗，就是叫人嗅不到他工厂打铁的汗臭。

B 一辈子的奋斗，就是叫人瞅不见他胡同串子的鼻涕。

报载：布什邀请美国六诗人进白宫去当座上宾，结果一个没到——在汉语的语境里，这一行超现实，并且非诗！

世界太平庸，兀自去伟大。

后宫，不许带把的男人行走，翰林院也不许。

不要和自卑者一起吃饭，最后一道菜是恨入骨髓汤。

暖气片传送来隔壁的阴谋。

其诗从不走心，不过是他的铜钮扣。

人，宁可不要脸，也不要啥都要。

抛弃一旧友，让其无所顾忌，填满其欲壑，胜造七级浮屠。

貌似平常的生活，危机四伏，暗藏杀机，终成致命的人生。

这一行高谈死亡的诗，写得太聪明，太像个活人写的。

站在生处指点死者，活诗人表现出空前绝后的滑稽。

相看两厌，各活各命，各写其诗。

夜里，是楼道里传来归客的足音，安稳着我的写作。

这些晚生的小赤佬，妄图把他们落地前的岁月说成是一码黑——子宫里口吐羊水手抓脐带的黑暗。

别做太阳，普照众生——众生愚钝，太阳空悬。

诗到最后在拼人——是为决斗！

好啊！祖师爷是个不认家谱的刽子手，连自个儿的徒子徒孙都朝死里剁！

描红者看王羲之："这是画，不是字！"——正如你看我："这是文，不是诗！"

我是撞上我这面南墙才回头见到我这条黄河才死心的那个人！

有人在我的博客里留下四个字——像是盖上一方小印："伊李沙白"

在百度里发现：伊沙即耶稣——一身冷汗，噤若寒蝉——这一行算我没写，你没看见。

这个人，除了骂鲁迅，啥都没留下，不是“人渣”是什么?

一个人，好端端坐在那儿，冒烟了！起火了！爆炸了!

他夫子自道：做过结扎手术之后，就再也写不出诗来了——这是他一生中最漂亮的一行诗，可惜是说出来的!

总算有个出身富贵白种英俊的巴西人做了世界足球先生，艰难得就像当初黑奴的解放。

此男像极了彼女，甚至模仿她叫床。

影子散落一地，七零八落……他在捡。

高压线的架子是一尊钢铁的雕塑，私自爬上去讨要工钱的民工是完全多余的血肉——在一架红外瞄准镜里成为目标。

他中山装的衣兜像中药房的抽屉，嘴里还喷着一股牛黄味。

他喜欢在诗中编造虚假的细节（借以显示自己有着“贵妇人般的细腻”），被我发现并挑明后嘿嘿一笑，他的粉丝说这可是大才。

再多扮一次阴阳脸，你的写作还会更惨。

孤独吧——难道你不喜欢这个小情人吗?

足球乃我族特短，诗歌乃我族特长，诗亡则族灭也!

减肥减去六十磅——正好是灵魂的重量?减去了还是增加了?

在我上班经过的一个十字路口，墙上写有几个字：“一百二十吨电子秤”——一直折磨着我的想象。

诗人不坏，诗神不爱。

他当众把衣服扒拉，赤裸裸——但没用，他的皮肤还是衣服。

A 是伪善的好人，B 是真诚的假人，他们自然是兄弟。

相忘于江湖？不，不——我忘你于江湖，你忘我于庙堂。

逃异地，走异路，写异诗，但也不指望有别样的人们。

血管在我们的体内，像爬山虎一样向上爬去。

雾：老天的魔术？将世界变无。

2007

晨钟暮鼓

晨钟暮鼓，山河岁月，艰难时日，世纪诗志。

啊！我原来是生活在一个每个早晚都要敲响晨钟暮鼓的城市里，位于城市中心的钟鼓楼并未闲置也未遭弃用，在我四十岁这年，我的耳朵忽然听见……

生逢世纪更迭——与事先的想象有所不同的是：在新旧两个世纪的过度地带，并没有什么大事发生，只是一段属于个人的艰难时日——也许岁月与时间的本质原本就是如此。

怀念往昔的峥嵘岁月——那可真是一个创新的年代啊！在诗里我们无所不用其极，但好玩的是：我们在诗中反复诅咒过的时代，最终却见证了我们的诗——它只见证诗！

我记得小时候，我随父亲去公共澡堂洗澡，在昏黄的灯光下，看见那些在蓄满热水的大池中泡得瘫软的人民，都像默片中的人物……

那是童年记忆中永存的情景：老头在练气功，青年在护城河畔捞鱼虫，鸟飞得极低，东边有一片树林……那天是什么天气、什么季节？你反背书包指给我看老城墙，你说你妈就是在那儿被联防队抓了去，因为夜里的交易……什么季节、什么天气？我只记得是星期一，我们顺着老城墙一直走到了郊外。

我为什么知道越南文？因为在多年以前，长年在野外工作的父亲带回过几罐出口转内销的压缩饼干。在饥饿的年代里，谁能见到这玩意？于是便大吃一顿，吃得我一连几天都拉不出来屎！我清楚地记得：在那军绿色的罐子上就印着这种古怪的文字，肯定是我们勒紧裤带为支援越南而生产的……

最早喜欢我的吃土的女孩的姐姐，是个花痴……

这一幕是虚构的，但却透着说不出的亲切感：妈妈在厨房里，爸爸在藤椅中，我在院子里打弹球。

那会儿是秋天，树叶落了满院，安静的时辰，狗去了隔壁母狗的家……院门忽然响了，爸爸的目光从报纸上抬起，妈妈从厨房里闪出，姐姐已经站在院子中间，她怀抱弃婴回家来，迎着众人惊愕的目光，姐姐说："火车站候车室里拣的，还是个男孩呢！"——从此五口之家跟着时代前进！

感谢有人帮我目睹并记住了我青春年少时飞扬跋扈的样子，否则我会以为自己生下来就架着一副傻眼镜打小就是不可爱：我说的是我的一位女同事——一位柔弱文静的女教师，当年初见我时常被噩梦侵扰，夜半三更，忽然惊醒，号啕大哭："我就是一辈子嫁不出去，也不能随便跟了这个鬼啊！呜呜呜呜呜！"——现在她招认，梦见的正是我！

青春里常干的事：是没事挤挤脸上的粉刺——提起青春，伤感的事我想得太多，总是忘了这一件。

在口腔医院的那把铁椅上，我像挨宰的猪一样发出了凄厉的嚎叫！那自我牙齿表面所发出的滋滋滋的声音，一下子拧断了我满腹的肠愁。医生的手停了下来，无法再进行下去，他对我做出的诊断是一声无奈而又深沉的叹息："你比正常人的痛神经确实要敏感一点。"——提醒我写诗！

我的 1997，母亲是在三月去的——我还记得：她最后一次病危的那个清晨，妹妹从医院打来电话，将我从梦中惊醒——我确实在做一个梦，但已经想不起它的内容，电话的铃声为何让我恐惧？在我走向电话的途中，手脚已经冰凉……现在我还在想，想了多年还没有想起来的那个凌晨——我的梦究竟梦到了什么？

母亲离去的当晚。送母亲走——在病房里为母亲擦洗身体的时候我也在场：妹妹和妻子用一瓶白酒在她身上反复擦洗，我和父亲将她翻来覆去……就这样，母亲的胴体一览无余：像空空的热水袋似的乳房、稀疏而灰白的阴毛掩映下的干瘪的阴户、肋部因胆囊割除手术而留下的疤痕……这就是母亲！我的最后的母亲！人活一世，生为人子，这是我必须目击的吗？这是我想逃也逃不掉的吗？在当时的现场，我拒绝联想也不再思维，站着然后忙着……现在我还能清楚地记起那种双腿有力肌肉紧绷的感觉，仿佛健将置身于大赛，仿佛战士置身于战场！

上世纪的某年冬，我在陕北高原和内蒙草原间徘徊，感受到一种无边的压力从天而降朝我压迫过来——我知道那是天地在逼我抒情，伸手向我索要诗篇！在一条大河的尽头，在草原枯黄的边缘上，我是因为恐惧而失去了再进一步的理由还是痛感到人间无人可以承受我抒情之力的绝望而作罢？而失去了血肉饱满的具体对象的抒情历来都是一个诗人的绝境和死路（所以我不抒）！

进发廊只理发，我首先不好意思啦！我以为是老板的那个男人，一边用电吹风吹着自个儿的裆部一边对我说："坐吧！只要你不嫌理得难看。"

我和张大江每年都要去搪瓷厂对面的电器城买盗版碟。几年下来，有一个人成了我俩怀念中的一个人——那个最早给我们提供优质顶级片的小伙，腰被警察打断，罚到一贫如洗，摊位早已易主，成了新摊主讲给我们的故事里的一个人。

我的手微微发抖，在有条件的时候，我总是用一杯咖啡让自己镇定下来，可是后来我听说：
正是咖啡让手变得更加颤抖；我还有过在手抖之后不久交媾未遂的惨痛教训——忽然阳痿！
我保证我在此说出的都是直接来自身体的经验。

生活大师的哲学——俺和一个坏人搞在了一起，嘿嘿！你不要太生气，这个坏人——他对俺好！

未曾料想，这一生最大的褒奖抑或终极的评价来自凌乱的床上那不堪的气息里，当那只鸡把你付给她的纸币塞进她黑色的长筒袜里，一边十分肯定地猜测你的职业说："鸭，你是鸭！"

世纪之夜，本城某寺，一长串和尚将他们的光头同时撞向了一口大钟……新世纪的钟声敲响啦！

在世纪庆典上，身穿兽皮的队伍走过来了，他们唱着："我们是野兽！我们是野兽！"那时的我正走在动物保护主义的队伍中，与他们交错而过，向人们倡导，向世界呼吁：不要朝弱者开枪！

在回忆中，旧世纪是黑白片（像旧社会），新世纪是彩色片（像新社会）——但有时却正好相反……

这是新世纪的夏天，仿佛已经过去了很久，我坐在体育场的五万名观众中间，举起双拳，跟着他们吼起来——吼的是："换裁判！"

我又见到北京的落日了！那是在西三环沿线，为那冰糖葫芦般的落日或者仅仅只是为了这一念头的滋生——唉！我一声叹息，还有那么点儿欲哭的感觉——这是一秒钟里的情绪反应，我却在接下来的时间里，付出了七分钟的检讨与自责……我这是何苦来着?

好消息！好消息：所有好人都跑到敌人那边去了。

在一个偶然得来的机会中，我了解到一个植物学家的生平，我发现：植物学家的一生就是努力把自个儿做成标本：蝴蝶的翅膀、蜻蜓的腿脚、昆虫的各色标本上都有植物学家的一颗小脑袋！

三十四岁时掉了一颗牙：是右下第五颗——从此

我有事可干了，不再会有百无聊赖的感觉，每天用舌头舔那个缺口，就足以打发后半生的时光。

儿子，我迫不得已的独生子，生下来就没有兄弟姊妹，你很孤独吗？你觉得一个人不大好玩吧？那好，爸爸是诗人，给你写出来，其实我早就写出来了——你有个姐姐，名字叫伊豆；还有个弟弟，叫作伊色列。

我是我梦境中捡拾烟头点燃鞭炮的少年，是一夜酒鬼喝掉了一条街一生只喝这一夜，长发迎空走火入魔的打击乐手，敲响过夜里的十面太阳……

暖冬下冷雨，这没啥好奇怪的；只是当我站在窗前，望着外面颜色加深的世界，忽然感到：我身上仅有的那么一点杜甫也正在离我而去——因为天底下那唯一一间与我有关的漏雨的房子，已在数天以前被一辆凶猛的推土机给推没了……

看了一首表达绝望的诗，我就不敢写得太快乐了，是不是也得来那么一首半首绝望透顶的东西？仔细想想，大可不必，我所有的诗写的不都是绝望之后的情绪?

临睡前对电视节目的选择肯定不是以优劣为根据的——比如说此刻，我选择一个民国时的官吏家有四房太太的电视剧，并不是因为它有什么好，而是那些场面——他和四个太太分别在一起或同在一处的场面：那用庸俗的情节与细节表现出的他们的关系，令睡前的我感到温馨无比！

东北那旮旮来了个老爷们儿——说得雅点就是：雪国的男人来了！我迎上前去，拍了拍他肩头上那没有的雪花——这个逼真的细节，惹得他一把将我搂住！

说的是下辈子，那个目不斜视穿过人群朝你径直走来一把抓住你并叫你怦然心跳的人儿——她是谁呢？猜猜看！猜猜看！“请大家不要走开，广告之后再回来。”

在一个男人的眼中，不要有太多的泪水，但是要有光——光你懂吗？光！要有光！一定要有光！

我从教堂后院经过时，抬头看见神父晾在窗前的内裤，猛然驻足，怔怔地想：神父的灵魂高洁，我难望其项背，而其内裤——只会比我的更脏！

她说："只有在他打鼓的时候，才是他自己！"我问："那吸毒的时候呢？像条疯狗似的满地乱爬只为找到一张大头票的时候呢？"她没有回答。

是我唤醒了你的肉体，你却用这肉体来嘲笑我的灵魂，嘲笑我竟然还有灵魂——这黑乎乎的东西，是肉体没刮干净的不彻底！

四四方方的城。两点一线的生活轨迹。我常从南走到北从白走到黑。遍地文人都是农民。远方有人心急如焚，担心我在这样的环境里，过着这样的日子，将活不下去，会死……

面对眼前的世界和人群，我对自身携带的那一点点控制力的信心是这样丧失殆尽的：后屁股兜里塞满票子，一次由我张罗由我坐东的饭局——朋友们！我也不敢保证它最终不会不欢而散！

在祖国大地的版图上，纬度每增加一度，温暖便

减少一分——这个暖冬，即使在最冷的北方，
雪也是奢侈的，我眼中最落魄的人，是在海南在天涯海角的沙滩上，只穿一条裤衩，肚子很大，他走路的样子，像一只跳不动的蛤蟆！

除夕夜——我想在这时上网的人，一定是孤独的人，尤其是那些网吧里的上网者，我想：我应该上去和他们打个招呼，亲亲热热地拜个年，顺便再聊点什么，可最终的结果是：我一上去就灰溜溜地下来了，还是瞧那烂饺子一锅的春节晚会吧，网上仅剩的两个家伙正在我的诗底下无比亢奋地骂我犹酣——他们这样过年！

我不是梦想伟大的人，也不想做什么伟人；只是我有能力，成全一些还算伟大的事情；
那不是深山里的胡子，抢一个压寨夫人再拉上七八条枪的儿戏；伟大从来都是一个人的活儿，帮忙即是添乱。

一段浑噩的日子，难于自控的光阴，现在终于可以翻页了！此刻我享受着安宁回到内心的恬静，我张口说我爱——爱这清风拂面的早晨！

我认识的一个人扮演了一个胃，在广告片里——我看了多年才看明白，他演的不是一个胃，而是一粒口服到胃的斯达舒胶囊。

一个已经隐居的老诗人，拖人捎话给我——他说："只要你敢搞我，我就把你早年写给我的信全都公布出去……"

如果我在一部诗集里，读到该诗人写给女人的情诗，都写在他们初逢的时候、热恋的时候、甜蜜的时候、海誓山盟的时候、如火如荼的时候，但却再无尔后——那么据此我就可以断定：这是个低段俗手，不足为虑。

回到故居——就是回到我们当年群居鬼混之地，我惊讶于我的惊讶，说出来又惊着了同去的弟兄："怎么没有变得更旧？"

2002 年 6 月 4 日。世界杯上处子秀：中国—哥斯达黎加。足球代表着一个国家的到来。这一天，我穿城而过，手中攥着一份当天的报纸，上面有篇文章的标题触目惊心：《审判日》。

当你抵达某城，但却只能住在亲戚家里，每时每刻都必须和他们呆在一起，那么这座城市
对你来说一准毁了一片废墟，比如上海——生身母亲的故城，我有多年不想再去。

服役于空军的诗人，在多年前的一封信中，把我的诗誉为“地对空导弹”。而在今晚，在北京闷热的夏夜，他又对我说：“你目前的战略有点问题。”

在瑞典的日子里，每日晨起写作一小时然后一块散步的两个人，已经顾不上自诩牛 B 了，他们同时想到了一个搞死对方的毒招——就是趁着对方洗澡腰包落在外面的机会，把丫护照撕了让他有国难回，不得不永居此地，死写、写死、死等、等死……如是：我和于坚的小故事。

儿子上学了，我想对他说：儿子，如果你真是一个天才——在某方面和你爹一样的天才，那么一场漫长的折磨从现在就开始了，可那又是你无法回避必须忍受的折磨！

这是由梦呓构成的对白——母亲在梦中哭闹：

“我再也不上学了！我再也不上学了！”“胡说！”儿子也在他的梦中怒斥其母，并教育她说：“坏孩子才不上学呢！”

将自己平展地安放在热水满溢的浴缸，在水牛一样的呼吸里看灯光漂白周身，一小片黑森林浸在水下如纷乱的水草，而一个正在穿越正午林地的强壮黑奴红光满面气色好极，像刚刚得到特赦令，他晃着脑袋在水中漂浮的样子，很像是在天上飞！

我把麦克朝前推了推，端起茶杯咕噜一口茶，清清嗓子开始说话……有一天，当我意识到：实在不必用很大的音量就可以把想说的话说出来时——嘘！我的诗就像师傅说的：“开始上层次了！”

这个冬天有点冷，课间走进教研室，听到一群人在议论一名女生的自杀：昨天晚上，她从五楼的窗口一跃而下、一了百了……沙发上那个故作惋惜状的中年女教师感叹道：“你说傻不傻？听说还是因为失恋，还是为了所谓爱情！”听他们说出她的系别、班级和姓名——我想不起来可曾带过她了，只是现在我很想和她认识！

又是自杀：一个民工自焚了！为了拿到他的工钱……我在网上看到此讯，刚想关注此事，就听到有人聒噪：沉默者可耻！于是我毅然决然地选择了沉默！甚至不再打听……

失败自不必说，即使在我做成的事情上，也吞下过许多难言的辛酸、窝囊的体会！从小到大都是如此，这让我有点自卑：长久艳羡那些人精儿似的家伙而又不得其法……现在不了，蓦然回首，恰恰是我：与道相合。

网络管制开始了！不料竟从中感受到幸福——久违的幸福！仿佛回到多年以前，叫人重获网络时代到来之前的安全感：自己的生活不会被他人或自己拿去贩卖，写作也多少带有一点私密的味道。幸福——假定在地洞中的写作！

我那爱雪如命的儿子，站在雪晨的窗前，望着窗外白茫茫一片，紧握双拳，一声嚎叫，仿佛多年以后必然会有的一次发情……我的孩儿我的种，白雪也能让你发情般地号叫！

我好像从来都没有过咬牙切齿的时刻，无论写诗还是做事；无论待人还是处事。哪怕因为仇恨而强烈地憎恨恨得真想咬牙的时刻，也没有真的咬过牙——为此，我对自己很满意！

一个坏人在深夜里算帐，将算盘珠子拨拉得劈啪山响！他发现不论男女他谁都不欠，别人欠他的他也从不催逼偿还……这个结果让他特别踏实，于是坏人决定把坏人当到底！

吃饭时间到，可我并不饿；不饿就不吃呗！可我又不安。没有吃饭——这个意念，像只空碗，摆在面前，一直折磨我，比饥饿本身还难受，令我难得轻松……

与老友聊天。聊起了一些旧事，聊完之后的感觉：就像没发生过似的；聊起了一些故人，聊完之后的感觉：就像不存在了似的。

从上个春天到这个春天，一年之中，我不断在和一些旧的人事诀别——是永诀！过瘾而又亢奋！没有因为没有所以，只是过瘾只是亢奋！

苏州评弹，吴侬软语，咿咿呀呀……我想：我如果能坚持看上三分钟以上的话，就说明我真的老了，老得已经没戏了——结果：我不但一直看完，还哼着小曲儿从现场离开……

艳光四射大美人，站在奥斯卡的领奖台上哭了！她手拿小金人说：这是一个幸福的时刻，又是一个难过的时刻！她说她今天在这里出现，只是因为仍然坚信：艺术高于战争……我是在中国西北偏东的某地一个小镇的饭馆里通过电视收看到这一幕的，当时，旁边正有一桌丑陋的男子，一边热烈地涮着火锅，一边热情地谈论并赞美着美军的轰炸……

驱车在西宝高速公路上行进，行至周至县境的那一段，我脑子里跑出一个西方传教士，兴高采烈、手舞足蹈：公路两边的田野上到处都立着十字架！但却只有一瞬间，当他从我口中了解：那不过是当地的农民为种植猕猴桃而架设的，他们因此而富得流油倒是真的。

每天早晨，我在卫生间里挤牙膏的时候，世界开始了——我活到三十七岁才算明白：世界就是牙膏桶，挤的动作构成了我和它的联系。

大疫当前，病毒弥漫。让人揪心的是：每天都有人死！国家电视台昨天播报的一条新闻说：因防范及时措施得当，动物园里的动物都很安全，安然无恙活得挺好……不是没听见，但我很平和，主要是会算这样一笔账：这些畜生的小命确实比人的值钱！

这是我早已有之的非典型生活：空气中可能存活的病毒，使所有人的生活方式都不同程度地向我靠拢——我该为此而无地自容：坐家、坐家、坐家！由是推知：我是先于大家，早就发现地球的空气中有毒！

永生的愤怒，最终会成全我对伟大的追寻，令人费解的遭际也被我在无意之中道破了实质："SARS 基因排列的图案有一种无人能解的美，是的，对惊恐万状的人群来说，我就是 SARS！"

不做人是因我原本是人抑或非人，不交友是因我本有朋友抑或没有。人群多么蒙昧——以上就算是我对世界做出的最后的解释——而解释是很累的事，以后不会再有了，我所肩负的启蒙教育已经把我拽得很低了……

蛆虫——儿子学会了使用这个词，但却从未见过活物，我答应过带他去看。夏天已经到了，正是好时候，现在我要做的：只是找一个有点年头的公厕……

我在一个晚上接连给我的四个朋友打电话，向真正关心我的人汇报我的近况，时间持续很长，打至第四个朋友，我发现不用再说什么了——因为前面的一个朋友已经给他打过电话，先于我将我的情况告诉了他。

八月在兰州的西山饮茶，在一座道观的青青舍外，一株株向日葵兀自盛开……我在一把藤椅中陷了进去，躺了下来，这时只见山下黄河正好从我裆下流过——这并非是一种感觉，仅仅只是视觉，可我不敢对旁人说出来，十五年前车过黄河的那泡大尿，让我在诗途之上讨得不少便宜，如今的我学会了适时以沉默卖乖。

“看看这个，受过多少侮辱都一下化解了！”于坚说。在甘肃永靖炳灵寺西秦大佛脚下。“摸摸这个，受过多少委屈都一下忘记了！”伊沙说。在西宁的出版社里领到自己漂亮的新著之时。唉！还是老于有境界，我这人比较恶俗。

在西宁，马非说我们都高了！是啊，可不是都高了吗？当时我们刚喝过酒，在酒后正爬这座高原之城的五楼，我、于坚、唐欣——三个胖子气喘如牛……

从青海带回不多的样书——是我的新著，明显少了一本。一问家人才知父亲来过，小偷似的来，顺走了一本，于是转天我便接到如下电话——是我的父亲在电话中教训我说：“写得还不错，更加成熟了，但是你别忘了，给人家把课上好，教授才是你的目标！”

那个喜欢在酒后痛哭流涕一把抱住你不放对你痛说革命家史的男人，终于真相大暴，原以为是个流氓，没想到竟是文盲。幸亏我打心眼里就从没信任过这号男人，也从未信任过酒精，并一直认为两杯猫尿下肚就立马走形失态的男人不是男人，这与酒量无关……

蔫蛋见不得人嚣张——我理解！我理解！只是有点遗憾：我走背字倒邪霉的时候，他们不也看见过，那时候我们有着多深的友谊！那时候，面对庞然大物，我不也很嚣张？将目标定在无限高的地方，你就会做到始终如一，也不会给自己无比嚣张的表现附加任何意义……曾经的朋友，我伤着你了吗？

大白菜天天都在烂掉，你的杰出则是一个秘密，深藏而不露——外在是愚众口中的一个笑话，好啊！让他们笑口常开！

秋雨连绵的天气，往常我煞是喜欢，今年却有所不同，一想到关中陕南的洪灾与灾民那一眼望不到头的扎眼的帐篷，就盼着雨能赶紧停下来，别让我太烦！安得广厦千万间，吾庐独破受冻死亦足——是不可以的，我能做到的是赶紧催促妻子翻箱倒柜将多年未弃的旧衣服捐出去——同时再捐一点钱。

我梦见一位美女诗人刚从欧洲归来，对我大讲养猪的体会。在乌克兰？她养了几年大白猪？——不，不，这些都是梦醒之后牵强附会的添枝加叶，属于此刻的写作——当时在梦里，这位写诗的美女只是滔滔不绝地向我介绍了很多养猪的细节。

老同学聚会。回忆美好的青春，担待彼此的变形，感喟岁月的流逝——时间这把刀的残酷无情。身为现场唯一的诗人，我习惯性地想替在座者展望一下未来，刚出口："十年后——"也无非是花发全白有毛者变无毛之类的景象吧！孰料却被邻座的杨增悦同学抢了先——这位当年省中学生运动会一百一十米高栏冠军，现任第四军医大学唐都医院泌尿科主治医生的家伙一语扫了我的兴，也败掉了大家的胃口——他说："啊哈！十年后，在座的就会有人尿不出来啦！"

三月的春城，比昆明的太阳更值得赞美的是昆明的风：泛舟滇池上，那条天大的蓝筒裙，一直在呼啦啦地撩我，让我好睡并有一觉春梦。

在那次国际诗歌节上，我的朗诵没法再进行下去了，那个站在我身边朗诵我译文的美国酷哥已被笑死了！

你需要上帝看见你时，却感觉他是个瞎子——一个戴墨镜的盲人！后来你发现其实他不瞎，只是因为太累的缘故而打了一个小盹儿，而此时的你正准备炒掉上帝！

你说“高人”——请告诉我：还有什么“高人”我他妈没见过？与年少时不同的是：我并不想急于求见，只想就地大笑一场。

我刚说这么多年，这么多次来北京，我还没有见过一个真正的精神贵族，却见中岛捧着一本刚刚出厂的《诗参考》，趁着四下无人，偷偷亲了一口！

有人说得有道理：生日是给小孩和老人过的，夹在两者之间的我，过它做甚？可又有人说——说得更有道理：生日是为母亲过的，那是生你的女人的受难日，所以还得过过。5 月 19 日，我停下了手头的工作，走到已成遗像的母亲面前，静默了片刻，并在心里说：妈，三十八年前的今天，您生下了我——这肯定不是一件容易的事，将我养大成人就是更大的麻烦，您辛苦了！您折寿了！

留在我记忆中的某人：他剃了一个光头——他的头上有一道刺目又感觉挺酷的刀疤，除此他什么都没有。

我在饱看奥运的半个月里，度过了自己的另外一生：终日游手好闲、无所事事，只是看只是看只是看——是为看客标准的一生，都怪诗，将我挡在如此幸福的一生之外，成为参赛的选手。

在新疆的那些日子，每夜两点，临睡之前，我都要在宾馆房间的窗前站上一站，望着窗外，然后对同住者说："瞧！街上的车还挺多的。"——我的行为和我的话里其实并无深意，我的发现也不过是两小时的时差所造成，只是现在回想起来我方才意识到：将近一个月前我确实到过新疆。

诗人像失去了水分的鲜花那般在天山南北枯萎！对得起这里的大地的最新疆的两句诗，来自于留山羊胡子的歌者——那个死去有年的老头："在那遥远的地方，有位好姑娘……"

我醉了！这个醉其实没有什么特殊：吐了嘛！晕了嘛！胡言乱语了嘛！要死不活了嘛！只是在我醉得无地自容的时候，听到有人在说："这才是男人！只有大醉一场才算到过新疆。"

薄暮时分，飞机降临海拉尔。走出舱门，天降零星小雨，空中几多凉意，朝前看去，不免心生惶惑——我看见了平生所见最小的一座飞机场，像县城的火车站那般大；但极目四望，心跳却忽然加快！噢！我这可怜的城市的老鼠，有生以来最辽远的地平线，此刻就在我的眼前，已经将我震撼！

想要了解一个人，就去他的故乡看一看：此刻我来到室韦——蒙古人的发祥地，一下子便读懂了成吉思汗：故乡美丽，天生丽质，让他以为天下之大，都如故乡一般美，他要将天下收编为自己的故乡！

仿佛一个传说，但却是真实的：蒙古的女儿已老，从南中国海一座很小资的岛上，回到这广阔的草原的怀抱，长跪不起，伏首在地，痛哭流涕，感恩这父亲的草原、母亲的河流，她所留下的一首歌词——歌词中的一声慨叹抵消了她那女生的诗、一生的诗：“我也是草原的孩子啊！心中有一首歌……”

一个蒙族的女孩，教会我说蒙语的“你好”：sei no！之后我便到处去说，逢人便说：“sei no！sei no！ sei no！”——其它的一切，你们想象吧！

奖给我的牧场在额尔古纳市黑山头镇三公里的地方，两百亩相当于 400.00×333.34 平方米的牧场我去看过了，可始终没有找到感觉，不觉得那就是我的地，也没有在上面干点什么的想象力。很多年了，我只是一个先用笔后用电脑干活的农民，一个不断地种字得诗种句得文的好劳力——我的地呵，不过是 20×15 字的一方稿纸，无穷多——现于屏幕化为无形，这是我早已认下的我的命！

忘了写进受奖词中去的话，就写在这里吧：朋友们，你们请我来——这本身就是一份奖励，在大北方的天空下，我总是充满诗情，定然写出新章……而属于我的颁奖礼，地点若不选在草原的话，就不会有更好的地方。

不分长幼，无论男女，所有人都在为落雪之事而激动不已！让你看到包裹很厚的臃肿体态中人心的存在，让你看到：人皆诗意的人；让你暗自确信：诗歌不是以太阳而是以雪的形式，夺取最终的胜利！

在人间，伟大的爱情，从来都是由地痞流氓、社会渣滓和一些有波无脑的女混混儿们，为我们联手打造共同演绎的；知识分子只是在春梦之中梦儿回梦遗之中流两滴；诗人和作家所做的——不过是把它写出来……

我和疯子缘分未尽，这不——又有一个找上门来！这一个和以往的那些确有不同：一进门就大模大样地朝我面前一坐，直冲我说："我，是个疯子，刚从疯人院出来，现在身无分文，无家可归，你说咋办？大哥！现在就看你的表现了……"

老老实实地做一个旁观者，凝神屏气，去瞧自己命运的好戏——你始料不及的好戏连台。去看看别人和你自己对这命运所下的结论，不光为时尚早并且多么可笑，你感到唯一对不住的是那些诅咒你的人！

一个作家，在一连四天安坐家中之后，头一次下楼，穿过花园的小径，张大了嘴，想要“啊”一声，却吞进了一只正在行进的飞虫，现在——这只不明的飞虫，就停在他的嗓子眼上……他的心情，以及脸上的表情也是不明。

生命在悄然地改变，当你的兴趣从一场速战速决的重量级拳王争霸赛转向巴黎 - 达喀尔汽车拉力赛时，你感觉到了这种变化，但不想深究其因。

在那部忘记了名字的电影上，在那家再平常不过的咖啡馆里，一个老太太逼着一个糟老头说出一句赞美她的话，老头很不耐烦，但又十分认真地说：“亲爱的，你有德州最漂亮的私处。”——老太太听了，幸福得跟个小姑娘似的！

观帝王剧，老想起生活中的人，活生生的人，因为他们个个都像皇帝——那么多的中国人确实都很像皇帝。一点儿不像的人就像奴才。更多的时候，二者集于一身，该像啥时像啥，绝对不会搞错。

在我做好了准备，准备一步迈进春天的时候，又下了一场雪！每一场雪都会带来好心情，它让我暗自祈祷：老天爷，为明天早起的厌世自杀者再下上一场吧——他们需要！

事隔八年之后，我又重返那座旧楼授课，在课间吸烟的楼拐角处存放着我八年前的一个心愿，像墙上已经淡去的图案一般，是一双顺着墙壁向着天花板而上的脚印，清晰地浮现在我眼前，令我恍然想了起来那个最终未了的心愿，是我当年不论怎么祈祷也无法实现的一桩，现在已经不需要了，因为我有了新的、更新的……哦，是的，新的，在此旧楼，心愿常新，人正老去！

他是一个骗子。他靠骗控制了一支足球队，再利用那支球队继续行骗，终于连这球队也给骗没了。如今，满城的人都知道他是一个骗子，满城的人都在咒骂他这个骗子。本城发行量最大的报纸的编辑打来电话索稿，他想借我这支无情的笔骂一骂这个民愤极大的骗子，被我义正词严地一口拒绝了——拒绝的理由十分简单：这个骗子飞黄腾达时请我吃过饭，并且还是一顿难忘的好饭。

最近，俺额际与两鬓的根根白发——刺目的白发，惊了不少人的心，老搞得一惊一乍的。个别不为所动者，都是和俺一样的纯爷们儿……

“青春回到我的身上”——虽说事实归事实，但是这样的表述人云亦云，也太过小资。这是在一个春日的早晨，将儿子送到学校去以后我步行回家，途经一座立交桥，我从下面穿越时看到水泥立柱上涂鸦者的大作，忽然唤醒了我十多年前的某种状态：爱咋咋地的浑不吝，还有目的地不明但却一心向前的行进，始终不变的那股子傻劲！

饱遭拒绝又被充分接受的五月，就要过去了！现在可以做出如下的分析和总结：那断然拒绝你还不忘顺便侮辱你一把的是神经兮兮的体制和更加可恶的中国特色的知识分子，而接受你的是一再接受你的世界！五月对一个生在五月的人，爱和恨都来得太过猛烈！谢谢！

对朋友说，对敌人说了又是罪：我现在正在进行的是我第二生的写作。

我的美国朋友，来西安游玩的第一天就碰上了两个疯子，他和我走在去吃晚餐的路上，将白天的这番遭遇告诉我时，迎面又碰上了这一天里的第三个疯子，张牙舞爪就过来了……后来的几天中，我一直想找个机会告诉我的这位朋友：在我的国家，在我的城市，其实并没有这么多的疯子，是你运气不好撞上了……但终于还是放弃，因为某夜上网，一不留神，我就一头扎进疯子堆里！多年以来皆如此，只是我已麻木。

当你在城市天气预报的地图上，看到我所在的城市西安：热居冠军不下来，成为中国夏天的第一火炉（无名但有实），你是否想到过，对于这座城市而言，起码有一件事不会中断，在停电之后依然如此——那便是，伊沙在写作。这与他家的室温无关，哪怕天热得塌下来……

上得出租，司机就跟我聊天气，他说："今年夏天够好过的啦！开始的那段热吧是挺热的，但主要怪人没适应，接下来是一周的雨，就跟秋天一样舒服，这两天温度是又上去了，可也没热到哪儿去嘛！你说是不是？"——都说今年夏天热，这位司机的看法与众不同，但仔细想想：他这个职业，是最有资格抱怨其热的。好在我不是那种文人，直斥其为“苟活者”：得过且过、苟且偷生、麻木不仁……或者与此相反——说是劳动者教会了我宽容、豁达还有感恩啊！

过去你总以为成功就像过年放炮：听响、听响、不断地听响！现在你体会到了成功之上的成功，其实是一片哑然，是一片寂寥，是故人开始变得躲躲闪闪，远远地瞅着你说上一句：“没意思！”——而你的不惑在于：你准备更加起劲地没意思下去！

这家伙在网上骂我——这家伙骂我的理由，听起来颇有一点原创的新意——他说：我的诗让他看到了“我也有写诗的潜质”。

我坐在马桶上读一位女作家的小说。我坐在同一个位置上还读过很多男作家的小说：有老男人也有小男人。因为每天都要拉屎，我才读了那么多的坏小说，但我还是要坚持着读下去 / 拉下去 / 读下去 / 拉下去 / 读下去 / 拉下去 / 只是为了提醒我自己：擦完屁股站起来去写呀——“不能由着他（她）们糟蹋！”

坐在马桶上读早报，读的是贪官自述连载；在临睡前的垃圾时间看电视——看的是反腐倡廉肥皂剧。读着读着看着看着，终于恍然有所大悟：多年以来我睁一只眼，在现实中所寻的情圣终于觅到就在眼前——古来情圣出游侠，今朝情圣在贪官，在每一个贪官的身边都站着一个既不年轻又不靓丽还不温柔的老娘们儿，同时证明着爱情的存在！老哥哥们真是栽大啦！

我在这个月里有两大发现：情圣在贪官，汉奸都出自温良恭俭让的知识分子，不是教授也似教授，不好斗、不与人争、天生的和平主义者，外在特征是，带金丝边眼镜的风范儒雅风流倜傥的老帅哥，操南方口音之娘娘腔……同胞们！下次中日再战就好判断了，先给这些家伙弄死再说！

我在梦里，不停地打着我的手机——它长着一副手雷的小样，泛着黑光……

面带鼠相的人，定有一颗老鼠的心，定然就是一只活生生的大老鼠——我试图打破原先的这个成见，去认识某个具体的人，最终还是向成见妥协……下一个——下一个该如何是好呢？唉！等碰上了再说。

说实话：我在二十岁以前就把颓废玩腻味了——回想起来深以为耻，打着青春的名义方可原谅自己；如今眼看着就快晃到四十岁了，我也拒绝相信：这把年纪的人所爱玩的那种虚无——那种虚无的人生境界：一个活到四十岁以上还没有自杀，没有把自己干掉的家伙，他的虚无就很虚无，就是为了演给人看就是为了图点什么才这么玩的呀！

上午去取邮件，收到一本女诗人的精美合集。午睡以前倚床而读，出乎预料的好，令我由衷赞叹：女人——不要说呻吟一般地写诗，就是天然发出的声音本身也是动人的、诗意的……还好——在未有结论之前，我已酣然睡去，于是一觉醒来便有了这节诗，而不是一篇无用的诗评。

愈演愈烈的禽流感，让人想起 SARS 发生的前年，让人想起这些年来这些乱七八糟的新病——大疫横行，世界末日真要来了么？或许仅仅只是新的命名诞生，这些病早已有之？在那漫长的古代，很多人死去了，也不知道咋死的；很多畜生死去了，就更没有体面的说法，死了也就死了，反正还会再生，这显出古代的牛B来了——我的意思是：一点也不娇气！

一名教师，要在开学以前到他将去上课的新建的校区去看一看摸摸底，像是一次演习。于是，他便拎上包乘上公车赶了很远的路，最终来到远郊一处还在施工的工地尚未竣工的教学大楼那无水的厕所里，拉了一泡屎抽了一支烟……似乎只有这样，他方才心安感到踏实一切尽在掌握——能够这么做，他几乎是他同事中唯一的一个，没有人知道这件事，就算知道了也不会把它当回事，他只是为了自己（他做什么都是为了自己的感觉）。别说是你，连我自己都不敢相信：这名教师正是在下。

我喜欢在人迹罕至的大学新城空旷的道路上，独自一人，撒腿狂走……我的一位同事知道了，满怀善意，向我发出盛世危言：“你可别这样，别拿自己的生命开玩笑，这一带——有民工出没！”

初一，在家与家人团聚；初二，给一户亲戚拜年；初三，宴请另一户亲戚；初四，跟中学时代的老伙计厮混；初五，从外地回来过年的故人来了……欢欢喜喜过大年，热热闹闹度新春，心中甚是高兴，结果一不留神，便对父亲说出了一句真话：“对我来说，朋友比亲戚重要。”本以为不过是说了一句常识，却不料竟引起他的震惊……幸好我反应快，赶紧补上一句：“当然，亲人是最重要的——你属于亲人！”

好汉不提当年勇，不过是没工夫提——他正抡着板斧，杀得性起！

真的，这真是我在狗年的想法：让狗儿们去争抢利益的骨头和骨头上那点可怜的肉吧！我只要有口汤喝就可以了——那热乎乎的时间的肉汤！

在家里，儿子不允许我直呼他母亲的名字，因为我每次直呼他的大名时，就是要批评他了。我请教他："那我该怎么称呼你妈呢？"儿子回答说："我老婆！"

亲爱的，让我们一起记住这个春天吧：唐都医院的四周正在大拆房子，有一所小学幸存下来，名叫"新寺小学"，在你出院的那天，接你回家的车子还从它的门前经过……我说："信吗？单凭这四个字给我的灵感，我就可以再弄一部长篇出来！"当时当刻，你怎么说来着？反正是用到了"丧心病狂"这个成语——是的，身陷在写作之中的我已经丧心病狂！

不去山西春游的老师照常上课，所以我来上课，所以，就有同学张口问我："老师，你为什么不去春游？"我想都不想地如实相告："同事里头没我朋友。"——我没想到的是：赢得全班掌声一片……

春天的早晨，望着儿子走进学校的大门，然后转身，直扑我早饭的那个点，正赶上凶神恶煞的城管在对可怜的小摊贩实施红卫兵式的打砸抢……场面残忍，叫人震惊！目睹此景，我生了气，干脆不吃早饭了！早饭不吃，就更加生气，越饿越气，越气越饿，两种滋味相加，就改变了一些事情——至少在这一天，我这个平素以自由主义自居者，前去浏览的网站都是左派的。

炉火纯青——这是我最喜欢的汉语成语之一。我喜欢它，老是惦记它，久而久之，便得到了它的回报，现在它总算成为一个跟我的名字有多少点关系的词了，这让我心安——我不是炉也不是火，只是它在诗境上的活标本！

我有这么两个朋友——他们各自身边的朋友，全都是对我咬牙切齿的敌人！

我有幸见过几个天才，都是白痴带我去见的。

我在等待着一件盼望中的事成为事实。一天的等待让我看到这一周都在等待，一周的等待让我看到这一月都在等待，一月的等待让我看到这一年都在等待……等待让你看到："等到花都谢了"、"千年的铁树要开花"这些陈词滥调竟有着如此致命的厉害！等待让你看到了用来等待的生命毫无价值可言，只是你没法不等、不能不等、不等不可能，幸亏早有觉悟：你没有专等。

我有三次，分别在三部电影中，看到不止于三名二战时期的德国军官或士兵心怀恐惧神情沮丧地提到了“俄国前线”这个词组，就跟提到死神一样——仅凭这一点，我就爱上了北方这个幅员辽阔的邻国！

抽了二十年烟，没有抽过熊猫牌。我曾在早先的一首诗中，悲愤而无奈地质问道：“这种市场上找不到的特权的香烟 / 何时才会被 / 我这普通的 / 烟民享用”——这诗是七年前写下的，如今我已不留遗憾，抽过了这个熊猫牌——是在我开始戒烟的四个月之后，从小引手里抽到的。绝对好烟，让我开了戒，总共抽了三根还是五根我已经记不得了。

在长沙得遇老友吕叶，上次见面是在六年前的南岳衡山，他像个山大王似的接待我们，所以此番一见面，我问他的头一句话便是：“吕叶，衡山还好吗？”

在这鬼话连篇的会上，我一如既往，不是在发言而是在说话：说的全都是人话，譬如减肥心得之类的家常话——我知道盖因若此，台下的某些傻哥也就端直听不懂我在说什么了——他们的耳朵是专门为听鬼话而长的，他们毕生的奋斗就是想通过书本上鬼话的指点去接近一句精彩的人话，终不得……

是的，老子人在江湖身不由己，见人说人话见鬼说鬼话，但心有规矩：那便是见到你这不人不鬼的东西，就说不人不鬼的话；见到你这不阴不阳的东西，就说不阴不阳的话，或者干脆装哑巴——不说话！

在长沙田汉大剧院朗诵前，我一直在想：走上台去，我该对今晚到场的千余名观众说点什么？这是在长沙，我就该提到楚辞，而在此一瞬最先想到的两句楚辞，却在击打并且震碎了我心中一个香草美人艳词丽句的陈规陋见，那便是——“路漫漫其修远兮，吾将上下而求索……”

从韶山归来，车入长沙城。先是沿着湘江行驶，在省府大楼前经过时，望着眼前这座米粉般顺滑的美丽城市，我忽然变得感伤起来，莫名的感伤无法自抑，弥漫在这个黄昏，却不知从何而起……我非要查个究竟——结果发现：很可能是自己戴着墨镜造成风景太暗的缘故。

还是在上个月，在武汉的日子，有一天我穿过武汉大学来到东湖边上，面对眼前美景忽然想到：我所认识的有限的几个“武大郎”，还有若干“武小妹”，其形象其气质怎么都不像是在此美景中养出来的人儿？可话又说回来：在美景中养出来的人儿又该是什么样子呢？家住在垃圾堆上的人儿又该是什么样子呢？

我是和谁议论起这个话题？我已经忘记，反正同行者全都是舞文弄墨的骚客。在甘肃平凉崆峒山中，我们一边向上攀登一边气喘吁吁地谈论李白，我说有一点可以肯定：李白不是一个传说中的胖子——将身比身，是我自己的身体变化告诉我这个事实。他要真是一个大腹便便负荷过重的胖子就不可能爱上爬山这项运动，并登临过那许多祖国的大山名川，“脚著谢公屐，身登青云梯……”

在宁夏，我在喝酒碰杯时，把一个西北汉子的酒杯给碰碎了——小小杯子粉身碎骨！没想这竟成了事儿——一次严重的事故。当事人当面未作过激反应，大半夜私下里找到我的兄弟马非质问：这是什么意思什么意思什么意思嘛？得知此情后，我感到十分遗憾，想对他说一声：对不起！我的豪情比大西北大了一点……

早早地来到站台上，眺望铁路的远方，等着火车开过来，然后上车——对我来说，这是少有的在小站才有的体会，所以倍加珍视，在上车时，朝前朝后，近乎庄严地各望一眼，然后才上车……

伟大的世界杯结束了！连我鼓足余勇观看的因失去了传奇英雄阿姆斯特朗而变得等而下之的环法大赛，也都结束了！我忽然感到莫大的空虚，并且想到：在1976年的中国，当“文革”的大幕突然间落下，一定有为数不少的人民，像我此刻一样空虚，茫然不知所措……

有人问：是晨钟融入了暮鼓还是暮鼓吞没了晨钟？有人问：晨钟也是丧钟——这丧钟为谁而

吗？我能够听出来，他们发问的口气连同说话的表情都是从教堂里的神甫那儿偷来的，所以坚决地不予回答。

晨钟暮鼓里没有回答。

2006

图书在版编目（CIP）数据

鸽子 / 伊沙著 . —杭州：浙江文艺出版社，2016.12

（伊沙诗集）

ISBN 978-7-5339-4730-9

Ⅰ . ①鸽… Ⅱ . ①伊… Ⅲ . ①诗集—中国—当代 Ⅳ . ① I227

中国版本图书馆 CIP 数据核字（2016）第 288684 号

责任编辑：闻　艺
特约监制：李淑敏
特约编辑：李柳杨
封面设计：周伟伟

鸽子
伊沙　著

出版发行　浙江文艺出版社
地　　址　杭州市体育场路 347 号　邮编 310006
网　　址　www.zjwycbs.cn
经　　销　浙江省新华书店集团有限公司
印　　刷　河北鹏润印刷有限公司
开　　本　889 毫米 ×1194 毫米　1/32
字　　数　168 千字
印　　张　11.5
插　　页　2
版　　次　2016 年 12 月第 1 版　2016 年 12 月第 1 次印刷
书　　号　ISBN 978-7-5339-4730-9
定　　价　59.00 元

伊沙诗集

卷一 《车过黄河》

卷二 《鸽子》

卷三 《蓝灯》

卷四 《唐》

卷五 《无题》

磨 铁 读 诗 会